燕园
故事汇

曹建新 著

团结出版社

·北京·

© 团结出版社，2025 年

图书在版编目（ＣＩＰ）数据

燕园故事汇 / 曹建新著 . -- 北京：团结出版社，
2025. 6.
ISBN 978-7-5234-1654-9

Ⅰ . I247.81

中国国家版本馆 CIP 数据核字第 2025V3F713 号

责任编辑：宋　扬
封面设计：阳洪燕

出　　版：团结出版社
　　　　　（北京市东城区东皇城根南街 84 号　邮编：100006）
电　　话：（010）65228880　65244790（出版社）
　　　　　（010）65238766　85113874　65133603（发行部）
　　　　　（010）65133603（邮购）
网　　址：http://www.tjpress.com
电子邮箱：zb65244790@vip.163.com
经　　销：全国新华书店
印　　装：三河市东方印刷有限公司

开　　本：146mm×210mm　　32 开
印　　张：9.5　　　　　　　　字　　数：148 千字
版　　次：2025 年 6 月 第 1 版　　印　　次：2025 年 6 月 第 1 次印刷

书　　号：978-7-5234-1654-9
定　　价：48.00 元

序

2025 年春节，泰康之家燕园养老社区二号居民楼的大门，贴上了一副很耀眼的对联：引吭高歌四季花厅歌声彻，乘兴起舞满园春色舞翩跹；横批：欢天喜地。如果说这副对联高度概括了燕园居民们的欢乐心情，那么读者手里的《燕园故事汇》这部作品所展现的，则是燕园居民们的真实享老生活。

小草本名曹建新，是资深记者。2024 年 4 月她入住泰康之家燕园养老社区，开始了全新的生活。在这里，她仍然带着记者的敏锐洞察力与深刻思考，将笔触与镜头对准燕园居民们生活中的欢乐与幸福，不仅概要记录了他们人生历程中的闪光点，更去发掘了他们养老生活中的感悟与丰富的内心世界，编织出一幅幅享老人生的灵动画卷。

小草植根于燕园居民的心田，她用热情辛勤的付出不仅为燕园增添了一抹别样的色彩，更为我们打开了一扇窗，让我们得以窥见这个养老社区中暮年人的生活情景。她以记者的专业素质，仅半年多的时间，就深入采访了上百位燕园居民、社区管理者及医护人员。这些采访对象，有的曾是有关行业的翘楚，有的则是平凡的劳动者，但他们都在燕园这个温馨的大家庭中和谐相处，找到了属于自己的享老生活。

通过小草的镜头与笔触，我们看到了燕园养老社区内老人们的日常生活场景：他们或挥毫泼墨、吟诗高歌、翩翩起舞、游泳健身，或沉浸在书海中寻找心灵的慰藉，或与新老朋友一起谈天说地，或在科技讲堂、人文讲堂以及丰富多彩的文化活动中吸收滋养。燕园居民虽然大都已是古稀和耄耋之年，但在享老生活中仍从不同角度展现自己的风采。这些灵动的画面，不仅反映了燕园居民不服老、不惧老，仍怀积极向上的生活态度，更让我们直接观察到中国养老社区的现状，去思考中国养老事业的未来发展方向。

特别指出的是：小草在燕园的系列作品在互联网上引起了强烈的反响，引发众多老年人开始重新审视自己的养老观念，重新思考要选择的养老方式，"养儿防老"的传统思想逐渐淡出一些老年人的视野。同时，后一代也开始对父母的养老问题给予更多的关注与思考。如今，小草精选其视频号《小草享老故事汇》中的 90 余篇文章，汇集成书《燕园故事汇》出版了，这不仅是小草入住燕园后辛勤耕耘的丰硕成果，更是献给燕园居民和所有拥有更新的养老观念和方式的老年朋友们的礼物。这本书，不仅记录了燕园内一个个真实的故事，更传递着一种全新的养老理念：不靠儿女，要靠自己，选择适合自己的养老方式，为儿女解负，让自己快乐。

泰康之家燕园养老社区如今已有 3000 多位来自五湖四海、不同行业岗位的居民。这里既有星光闪烁的过往，也有平凡人生的温馨与感动。每一位居民都在用自己的方式诠释着夕阳人生新的内涵，用自己的故事激励更多的人追求属于自己的晚年幸福。让我们翻开《燕园故事汇》，一同走进这个充满爱与温馨的养老社区，感受新理念的享老生活，思考如何谱写养老新篇。愿这本书能给更多老年朋友们在规划自己的养老生活时一个新的启迪。

陈文博

（燕园居民，原北京师范大学党委书记）

目　录

（按被访者姓氏拼音顺序排列）

往事如烟，爱与温暖

中国人很讲究人与人之间的缘分，而缘分是很奇妙和不可预测的。1945 年秋季某天，一个男孩在北京的四合院中降生，而 3 年后四合院主人的女孩也出生了。命运安排他们自幼青梅竹马，成人以后结为连理。他们历经风雨，携手白头至今。他们就是泰康之家燕园居民：曹俊恩与张淑华。

曹俊恩，打小就喜爱体育运动。田径场上的飞驰、篮球场上的跳跃、排球网前的奋力一击，无一不展现着他对体育的痴迷与天赋。1965 年，他成功考入北京体育学院，从此，体育运动成为他生命中最重要的一部分。毕业后，曹俊恩响应国家号召，被分配至山西榆次市，从工厂到体委，再到体校，他的身份不断变换，但始终不变的是对体育事业的热爱与执着。在体校，他倾尽心血，不仅担任了校长，还亲自上阵执教，致力于培养更多优秀的体育

曹俊恩（右）与夫人张淑华（左）

人才。在他的带领下，榆次市的足球健儿们屡创佳绩，屡次在省内夺冠，更在全国范围内享有盛誉。曹俊恩常言："一个地区乃至国家只有经济高速发展了，才能培养出更多的体育尖子人才！"这不仅是他的个人体悟，更是他对体育事业发展的深刻洞察。

曹俊恩的夫人张淑华，同样是一位难得的女中豪杰。

她自幼就展现出过人的学习天赋与坚韧不拔的品格。20岁时，她以优异的成绩毕业于北京无线电工业学校，随后服从分配，前往山西一个偏远的穷山沟工作。面对艰苦的环境与繁重的任务，张淑华从未有过丝毫的退缩与抱怨。她自学高等数学、统计学等专业知识，不断提升自己的文化水平和业务能力，逐渐在工作中独当一面。与曹俊恩婚后两地分居，她独自带娃，生活环境恶劣、困难重重，但她始终保持着满腔热情与坚定的信念，为家庭、为工作默默奉献着青春与汗水。然而，长期的劳累最终还是让她的身体亮起了红灯。因为身体的原因，张淑华不得不提前退休。

时光荏苒，几十年转瞬即逝，他们夫妇已步入了人生暮年。2019 年，他们辞别了远在加拿大的女儿一家人，回国入住燕园，享受着宁静而舒适的晚年时光。他们积极参与社区活动，身影不断出现在诗朗诵、模特队等文娱活动中。暮年回首，往事如烟，唯有爱与温暖，长存心间。

最美的旋律

蔡治隆今年 84 岁，他是一位非常受人尊敬的教育家和故事讲述者。他的一生都致力于将知识和故事传递给下一代，为他们的成长和发展作出了自己应有的贡献。

从 15 岁开始，他就展现出了在朗诵和讲故事方面的口才。当年在中央人民广播电台全国应聘的 4000 多位报名者中，蔡治隆脱颖而出，成为中国著名儿童教育家孙敬修的 13 个弟子之一，跟随孙敬修学到了如何用儿童的思维和语言讲述复杂故事的本领，让孩子们喜欢听、记得住。这种教育理念和方法，不仅影响了他的教学事业，也深深植根在他的心田中，成为他一生追求的方向。

在长达 53 年的少年宫教师生涯中，蔡治隆为无数学生讲述了精彩纷呈的故事，让他们在听故事中得到了知识的启迪和心灵的滋养。他讲的故事不仅生动有趣，而且寓意深刻，能够引导孩子们树立正确的价值观和人生观。

蔡治隆

因此，他被誉为"故事老师"，深受学生和家长的喜爱和尊敬。

　　退休后，蔡治隆没有停止他的教育事业和公益事业。他卖掉了自己的房子，签下了遗体捐献协议，入住泰康之家燕园，继续为同龄长者们提供朗诵辅导和志愿服务。他还积极参与各种社区活动，为中小学幼儿园义务"讲故

事"，为贫困山区的孩子们开展科普教育工作。这些行动
不仅展现了他对教育事业的热爱和执着追求，也体现了他
的高尚品德和无私奉献精神。蔡治隆认为：无私奉献就像
是一盏明灯，能够照亮别人的人生道路，给予他们希望和
力量。同时，也能真正体现自己的社会价值。

百岁秘籍

　　2025 年元旦刚过，泰康之家燕园迎来了一位新居民，她就是 1925 年出生的畅锦华女士，满百岁的传奇人物。

　　作为高级护理师，她将自己的一生奉献给了需要帮助的人们，用专业知识和无限爱心照亮了无数生命的旅程。畅锦华不仅是护理事业的典范，更是活力、乐观与探索精神的生动体现。畅锦华 62 岁退休，从此她以一种更加饱满的热情拥抱生活。她心态平和，对待生活的态度如同春天般温暖，她很乐于助人，无论是邻里间的小事还是远方朋友的求助，她总是第一个伸出援手，用实际行动诠释着"赠人玫瑰，手有余香"的真谛。

　　在畅锦华的生活哲学中，没有"纠结"二字。她相信，人生苦短，不值得为琐事所累，每一天都应以一颗感恩的心去迎接，用积极的态度去面对。这份豁达与超脱，让她在漫长的人生道路上，始终保持着内心的宁静与喜悦。

畅锦华

　　旅行，是她退休生活中不可或缺的一部分。从亚洲的繁华都市到欧洲的历史名城，从非洲的广袤大地到美洲的自然风光，世界很多国家和地区都留下了她的足迹。即使在 93 岁高龄，她依然与女儿一同踏上了前往澳洲与新西兰的 43 天之旅。这次旅行，不仅是对身体极限的一次挑战，更是对生命可能达到极限的一次实践。在旅途中，她用镜头记录下每一处风景，用心灵感受每一地的异域文化，展现了老年人同样可以拥有探索未知、享受生活的权利和能力。女儿担心母亲身体，畅锦华总是用一句话作为回答："我没事！"

"让自己不断活动"，是畅锦华保持生命力的另一个秘诀。无论是晨起的拍打，还是傍晚的散步，她从未间断过对身体的锻炼与呵护。她深知，健康的体质是实现梦想、享受生活的基石。因此，即便是在旅途中，她也总能找到适合自己的方式，保持身体的活力与灵活。

即使到了今天，畅锦华在日常生活中，无论是洗漱、更衣，还是每天的沐浴，她都亲力亲为、一丝不苟。这种习惯不仅有助于维护个人卫生，更是对自己尊严的一种坚持。更令人称奇的是，畅锦华99岁时，不慎摔伤右胳膊，造成骨折，然而，她没有经过任何手术治疗，自己静养了两个半月，竟然奇迹般康复了！她唯一感到遗憾的，就是坚持几十年自己给自己剪发的习惯，因此而终止了。

畅锦华的经历说明，年龄不过是个数字，真正的心态和理念，决定了我们人生的长度，进而决定了我们人生的色彩与温度。

早年拼搏，晚年安享

　　他用满腔热情为我国教育事业燃烧了大半生，用坚定理想与实干笃行、谦逊认真与平和稳重书写了人生华章。他，就是北京师范大学原党委书记——陈文博，如今已至耄耋之年，却依然以一颗平常心，享受着退休后的宁静与温馨。

　　岁月在陈文博前额上镌刻着几道细纹，似乎也在他内心留下了以往那些激荡心潮的难忘时刻。北京师范大学在人民大会堂举行百年校庆的日子里，江泽民同志和中央政治局常委都莅临会场，江泽民同志做了关于教育创新的重要讲话，这不仅是对北师大百年辉煌的肯定，更是对所有教育工作者辛勤付出的肯定和赞誉。陈文博在校党委书记任期内，亲手推动创办了北京师范大学珠海分校，他对教育事业倾注的心血，是他教育情怀的具体体现，让无数学子受益匪浅。

陈文博

　　然而，随着年龄的增长，每个人都随着时光流逝而逐渐老去。面对老年生活，陈文博没有选择逃避或哀叹，而是以一种平和的心态去拥抱生活的每一个瞬间。他深知，对于步入晚年的自己而言，有机会陪伴有病的老伴儿，是自己对老伴儿亏欠的最好补偿。于是，他毅然决定与老伴儿一同入住泰康之家燕园，时常推着轮椅陪她漫步于园区的每一个角落，陪她玩升级、打掼蛋、聊天解闷。他用实际行动诠释着"执子之手，与子偕老"的传统美德。

陈文博常说："老伴儿是我大学时代的同学，我们一起度过了几十年的风风雨雨，相濡以沫。"这份深情厚谊，让他在面对生活的琐碎劳累与挑战时，始终对妻子恩爱如初、风雨同行。更难能可贵的是，入住了燕园，陈文博的身份悄然从曾经的国家干部，转变成了一个无微不至照顾白发妻子的"老头"。但是，他心中深处依然存在"要为这个社会再做点什么"的念想，于是，他受泰康之家燕园领导的委托，同燕园有关居民一起创办了泰康之家燕园人文大讲堂，并主持安排每一讲的人选和内容。实践证明，人文大讲堂开办以来获得很大成功，这从每次演讲时多功能厅座无虚席，就反映出燕园居民对文化享老的需求和对人文讲堂的欢迎程度。同时也肯定了陈文博等人志愿发挥老年余热的奉献精神，对此给予了高度评价。

陈文博还经常参与居民自行组织的小课堂和健身活动，还时不时在群里分享他写的赞美燕园的诗歌。朋友们说，他的晚年生活如同一幅绚丽的画卷，每一抹色彩都充满了豁达与温馨。

哪里都不如燕园好

2024 年 9 月 24 日，泰康之家燕园多功能厅内欢声笑语，一场专为 9 月出生的长者们举办的生日宴会正在热闹进行中。在这充满温情的场合中，作者找到了丁才良，了解了他来到燕园前后的心路历程。

2024 年，81 岁的他曾因糖尿病足而饱受困扰，行动不便，连上下楼梯这样简单的日常动作都成了克服不了的困难。在家的日子里，是妻子王玮珠无微不至的照顾，让他得以勉强维持日常生活。然而，随着年岁的增长和病情的加重，家庭护理逐渐显得力不从心。由于楼房没有电梯，家住五层的丁先生的轮椅停放更是个大问题：放在楼下吧，怕意外损坏，更怕丢失；放在楼上吧，搬下搬上还得费力折腾。正是出于这份担忧，女儿做出了一个决定——为父母办理入住泰康之家燕园的手续。这个决定，最初却遭到了丁才良的强烈反对。他固守着对"养老院"

丁才良

的刻板认知，认为到了那里，就意味着活动受限，人身自由的丧失。因此，初入燕园，他心中非常不安与抵触，三天两头闹着要"回家"。夫人王玮珠不仅耐心陪伴与精心照顾他，还开导他尝试融入这个新的环境。

每天，他们一起在园区内散步观景，享受着花草林木的恬静与美好；定期前往泰康之家燕园康复医院接受治疗，方便又省时，他更感受到医生护士的专业与细心。随着时间的推移，丁才良的糖尿病病情得到了显著改善，行动也日渐自如。更重要的是，在这个过程中，丁才良逐渐发现了燕园独有的魅力：这里不仅有园林般优美的环境、完善的健身设施，更有一群志同道合的邻居和朋友。老人们在这里共同分享着生活的快乐，相互扶持，彼此温暖。这种社区式的生活方式，让丁才良感受到了前所未有的归属感和幸福感。他切身感受到"哪里都不如燕园好"。

在 9 月的生日宴会上，作者开玩笑地问丁才良："您还打算离开燕园吗？"他微微一笑朗声说："我这一辈子都没有过过这么热闹的生日！太开心啦！我再也不走了，就在这里住下去了。"

尊敬长辈，如沐春风

　　跟 39 岁的丁翠霞大夫聊天，问她在泰康之家燕园康复医院从医期间，对医患关系最重要的感受是什么？她略作思考后，简单说了八个字：尊敬长辈，如沐春风。

　　丁翠霞来到泰康之家燕园康复医院第一天，院领导就叮嘱她："咱们这里的长辈大都是素质比较高的，他们或戎马一生或学识渊博或经历坎坷，为新中国作出过很大贡献，我们尤其要学会礼貌待人！"这句话，让丁翠霞记在心里。她经常会遇到一些长辈患者，前来就医取药，但不到医保规定时间，因此医生不能开药。有的长辈往往不能理解：就差几天，怎么就不行呢？每当遇到这种情况，丁翠霞总是和颜悦色，耐心地进行着解释："阿姨，咱们做任何事都有个规矩，您说是吧？不是我不给您开药，是因为您上次开的药可能还没吃完，所以按照医保规定就不能再给您开药了。请您理解，过几天再过

丁翠霞

来吧！"

　　真是良言一句三冬暖啊！丁翠霞一下子就跟长辈患者拉近了心理距离，患者表示理解，愉快地离开了。看起来这是小事，但是在丁翠霞眼里，为病人服务工作无小事。她认为，一般来讲，患者因身体不舒服，前来就医时，情绪就会有些低落，如果医生说话稍不在意，就可能引起患者反感，发生口角冲突。丁翠霞大夫在不断提高自身医术水平的同时，尤其注意处理好医患关系，从而让她跟燕园的长辈们相处良好，长辈们看到的丁大夫永远是一张笑脸。

把握住自己的命运

　　泰康之家燕园有位大半生几乎是在与病魔搏斗中度过的人，她就是 78 岁的退休英语教师冯家盛。可以说冯家盛用她坚韧不拔的意志和乐观积极的人生态度，为我们诠释了生命的真谛。

　　冯家盛自幼家境困难，兄弟姊妹七人，母亲的爱与坚强毅力成了孩子们的精神支柱，也培养了孩子们勇往直前的优秀品格。她母亲活了 99 岁高龄，母亲的坚强品格影响冯家盛整个一生。在冯家盛 45 岁到 75 岁的这 30 年间，命运似乎对她格外苛刻，连续 3 次恶性肿瘤的侵袭，7 次大手术的折磨，足以让任何人陷入绝望。然而，冯家盛却以超乎常人的勇气和毅力，经受住了生活的考验。她没有被病魔击垮，反而将这段艰难岁月视为自我修炼、改变境遇的契机。面对疾病一次次袭击，她内心无数次呼唤："我必须顽强生活下去！"

冯家盛

　　一年前，冯家盛入住燕园，像是如鱼得水，她找到了
属于自己的新天地。她积极参与园区的各种活动，不仅当
义工做奉献，主动向来访的参观者介绍燕园的美好。她还
用自己的亲身经历，现身说法，鼓励其他老人正确面对疾
病，增强对生活的信心。由于多次手术麻醉的影响，冯家
盛的听力受到了严重影响。但她没有放弃与别人的交流，

而是努力从对方的口形变化，分辨其话意。为了保持身体平稳好转，她给自己制定了严格的作息时间表，坚持每天参加适合自己的文体活动。在锻炼身体的同时，她还注意发挥自己的英语业务专长。每次英语班上课她都提前半小时到场，帮助讲课老师辅导学员们口语练习。这不仅巩固了她的以往记忆，也让她在交流中找到了乐趣和成就感。此外，每天早上，燕园四季歌厅里总会看到冯家盛和歌友们一起放声高歌的身影。她豁达敞亮地说："人生在世，谁没有脆弱与彷徨的时刻？但无论风雨如何猛烈，只要保持一颗快乐的心，生活便是最美的风景。"这句话不仅是对她自己的真实写照，也是对每一个老人的深刻启迪。面对生活的困境和挑战，她做到了大音乐家贝多芬一句名言："扼住自己命运的喉咙。"冯家盛在人生的旅途中，正在绘出属于自己命运的独特风景。

我家有个好儿媳

在泰康之家燕园，有这样一位老人，他全家都为我国的民用航空事业贡献了力量。这一家的领头人，就是泰康之家燕园居民、87 岁的冯锦昌老人。平时，冯老脸上总是洋溢着满足的笑容。每当提起他和老伴在燕园的幸福生活，他总是感慨地说："我家儿媳妇特别孝顺，是她让我们来这里享福的！"

冯锦昌的一生，是与国家民用航空事业紧密相连的。1961 年他毕业于北京航空学院（现北京航空航天大学），从此踏上了为国家民航事业奉献的征途。在那个艰苦创业的年代，他凭借着对民航事业的热爱和执着追求，见证了我国民航事业从起步到发展的全过程。其实说起来，冯锦昌的家庭，也是一个名副其实的航空世家。如今，他的孙子已经成长为民航领域的中坚力量，担任着机长职务。而他的大儿媳妇，同样也是在民航领域成长起来的骨干力

冯锦昌

量，为国家的航空事业添砖加瓦。这样的家庭背景，让冯锦昌倍感骄傲和自豪。然而，更让冯老感到自豪和庆幸的是，他和老伴能来到燕园居住，全靠他家的大儿媳妇！他情不自禁地夸赞说，自打大儿媳妇进了他家，从来没跟老两口顶过嘴红过脸，儿媳妇对他们真是百分百孝顺。就说来燕园养老这件事，儿子和儿媳妇见老两口年纪越来越大，商量着让父母去好好享受一下晚年生活。儿媳妇对公婆说："我们买了泰康幸福有约保险，您二老过去住吧！"冯老开始还犹豫，舍不得花那么多钱。儿媳妇劝说道："你们一辈子为这个家操劳，现在也该享享清福了。我们做儿女的有责任也有条件让你们晚年过得更幸福。"

就这样，冯锦昌夫妇顺从孩子们的意见来到燕园。每天，冯锦昌夫妇放下所有操心的事，参加燕园丰富多彩的文体活动，结交新的"老友"，尽情享受老年生活的乐趣。他们笑对岁月流逝，每一天都过得特别充实和快乐。

以史为鉴，以文为伴

古人云，以史为鉴，可知兴衰。在燕园有一位对中国近代史颇有研究体会的居民冯惠明，他曾花费了十多年的工夫，呕心沥血，写成了两部长篇历史小说《大清公使曾纪泽》和《风云际会》。入住燕园以后，两次应邀登上"读书分享"讲台，向燕园居民朋友介绍这两部著作的故事梗概和近代著名外交家：清朝末年的曾纪泽和民国初期的顾维钧，以及在他们身上发生的传奇故事。

但是，冯惠明走上文坛，并非一帆风顺，而是经历了曲折坎坷的道路。他少年时代充满了对未知世界的向往，他梦想成为一名天文学家，渴望在浩瀚的星空中遨游，用望远镜捕捉那些闪烁的星辰，探寻宇宙的奥秘。然而，命运似乎并不打算让他轻易地实现这个梦想。由于身体原因，他被迫中止了学业，来到了一个穷困的山区县城。面对生活的艰辛和命运的捉弄，冯惠明深知，只有通过不断

冯惠明

的学习和自我提升，才能改变自己的命运。于是，他利用一切可以利用的时间，或行走在深山的崎岖羊肠小径，或在穷乡僻壤担粪肥土以及挥镰收秋，或沉浸在古今中外的名著之中，他渐渐改变了原先的梦想，期望成为一个像赵树理那样的作家。终于，机会降临到了有准备的人身上。那一年春天，冯惠明凭借着自己的努力和才华，被天津南开大学中文系录取。在这里，他更坚定了自己的人生目标：把全部精力投放到文学写作上。他认为，文学可能是自己毕生的追求和最终归宿。

大学毕业后，冯惠明被分配到了国家经济部门工作，并在 20 世纪 90 年代中期担任中国驻俄罗斯大使馆经济参赞。这段外交经历不仅极大地拓展了他的人生视野，也为他后来的文学创作奠定了坚实的生活基础。以后经过多年努力，终于创作出了 50 万字的长篇历史小说《大清公使曾纪泽》。近年来，他又推出了另一部力作——40 多万字的长篇历史小说《风云际会》。这两部作品，都受到读者的广泛好评，也激励着他继续努力，创作出更受读者喜爱的文学作品。

在泰康之家燕园，冯惠明找到了一个新的精神家园。这里浓厚的文化氛围深深感染了他，他不仅应邀在读书分享活动中分享了他的作品，而且他对科技大讲堂和人文大讲堂的各种讲座充满了兴趣，他不断从中汲取着新的知识营养，不断拓宽自己的视野。燕园文化养老的氛围正是他梦寐以求的老年生活。他坚信："人就是要活到老学到老，不断提高认知，才能不被世俗所干扰。"

实现跨界人生

在泰康之家燕园这个充满活力的社区里，每一位居民都有可能和机会发挥出他的潜能。高征铠，一位79岁的理工专业学者，用他的人生经历诠释了何为"活到老，学到老"。曾经，他是北京科技大学教授、博士生导师，为我国钢铁冶炼事业作出了卓越贡献；如今，他却在音乐的海洋中找到了新的自我，成为燕园合唱队的主力，用琴声与歌声书写着晚年生活的华丽篇章。

高征铠的职业生涯充满了传奇色彩。他深耕高炉全氧炼铁的理论研究，致力于高炉喷煤技术、高炉长寿技术以及高炉的监测仿真技术与人工智能专家系统的研发。他承担并完成了多项科学研究，不仅推动了我国钢铁冶炼技术的进步，还为企业创造了显著的经济效益。他的高炉炉衬厚度测定技术和高炉全氧鼓风操作研究，分别荣获国家科技进步奖和冶金部科技进步奖，成为他职业生涯中的两座

高征铠

重要里程碑。如今，他研究开发的高炉可视化技术仍在广泛应用。

　　然而，当高征铠步入老年，他并没有选择安逸地享受过去的荣耀，而是以一种全新的姿态迎接生活的挑战。2020 年，他选择入住泰康之家燕园。在这里，高征铠不仅享受到了优质的医疗服务和便捷的生活设施，更重要的是，他找到了一个可以继续追求梦想和兴趣的平台。尽管高征铠从未接触过音乐，但在燕园这个充满艺术氛围的社区里，他勇敢地迈出了尝试音乐的第一步。在中国音乐人的悉心辅导下，他逐渐掌握了合唱和钢琴伴奏的技巧，成为了合唱队中不可或缺的一员。每当夜幕降临，燕园的合唱室里总能传出他嘹亮悦耳的歌声和琴声，为社区增添了无尽的温馨与欢乐。高征铠的跨界人生不仅展现了他对知识的渴望和对生活的热爱，更体现了泰康之家燕园"文化养老"理念的深刻内涵。

高征铠用自己的实际行动证明了：无论年龄多大，只要保持一颗年轻的心态和不断学习的毅力，就能在任何领域创造出属于自己的精彩人生。

岁月远去，情怀依旧

今年 61 岁的葛明，看似表面平静，却难掩内心的波澜起伏。近 6 年来，他坚持长跑锻炼，疫情期间，在社区跑全程马拉松，以此释放自己内心承受的压力，锤炼坚持的力量。在与他 4 个多小时的交谈中，作者仿佛经历了一次认知水平的提升，深深为他对养老事业的情怀所感动。

葛明，这位人称"大管家"的燕园总经理，不仅管理着一个拥有 3176 位居民的大家庭，更承载着无数家庭对幸福生活的期待。

燕园是个充满爱与关怀的社区，自 2015 年 6 月 26 日开业，9 年间，居民人数快速增长。这背后不仅反映了人们对机构养老认知水平的提高，更彰显了社会对机构养老需求的旺盛。随着社区的不断发展，葛明面临的挑战也越来越多，管理难度日益加大。他几乎没有个人时间，全身

葛明

心扑在事业上，却依然觉得时间不够。

交流中，有一个细节让人动容。2022 年 12 月 11 日，他母亲去世，作为长子的他，却因为舍不得放下社区里2000 多位居民，而不能回家奔丧，直到 2023 年 5 月，母亲的骨灰才被安葬，这份迟来的告别，是葛明心中永远的愧疚。但正是他这样对事业的执着和付出，让燕园成为了无数老人心中的温暖港湾。

葛明深知，每一位居民都是独一无二的个体，他们需要的不仅仅是物质上的照顾，更是情感上的慰藉和人文关怀。一位失去女儿的居民阿姨，处理完女儿的后事在酒店调整，当葛明去酒店接她时，一句"走，阿姨，我接您回家"，让阿姨感动得热泪盈眶，如同母亲见到久别重逢的儿子。即使今天谈及此事，葛明依然哽咽。这样的场景，在燕园并不罕见。葛明和他的团队用真心、爱心和耐心，为每一位居民编织着幸福的晚年生活。

葛明努力将燕园经营成养老服务的品牌，不仅是对泰康养老事业的初心坚守，更是对社会的一份责任担当。他砥砺前行，带领团队在养老服务的道路上不断探索、创新。从居住环境的改善到医疗服务的提升，从文化活动的丰富到精神关怀的加强，燕园在葛明的带领下，逐渐成为了一个集居住、医疗、娱乐、文化于一体的综合性养老社区。展望未来，葛明说："泰康之家燕园将继续遵循市场规律，实现全心全意为人民服务的理想，初心不改，创新有序，商业向善，打造养老金字招牌，做成养老第一品牌。把社区的文化养老、艺术养老、健康养老、科技养老落实好，为长辈们打造养老的桃花源。"

认真老去

在岁月的长河中，有位智者，他以非凡的才智和坚定的信念，在中国的经济开放与国际交流的舞台上留下了深深的足迹。谷永江，这位曾经的中国机械进出口总公司掌舵人、外贸部副部长，乃至中国入世谈判的领军人物，华润集团董事长，其职业生涯如同一部漫长的外贸进出口纪录电影，显示着时代变迁与为国拼搏的历史。

然而，当历史翻过波澜起伏的这一页，他选择了另一种生活方式——在泰康之家燕园，与老伴儿共度宁静而幸福的晚年时光。今年85岁的谷永江，脸上洋溢着岁月沉淀后的平和与淡然。退休对他而言，不是职业生涯的终结，而是人生新阶段的开始。他深知"君子之交淡如水"的真谛，也理解"人走茶凉"是世间常态，因此对过往的辉煌与喧嚣没有丝毫留恋。相反，他以一种超然物外的态度，欣然接受了这份宁静与寂寞，将其视为人生的一种馈赠。

谷永江

　　在泰康之家燕园，谷永江找到了属于自己的精神家园。谷永江夫妇每日相伴，或读书看报，了解天下大事；或走笔龙蛇，书法驭墨；或漫步于园中，欣赏四季变换的美景；或相约游泳，保持身体的活力与健康。他还会与邻里好友围坐一起，聊天讲故事，分享彼此的过往与感悟，这些简单而平凡的日常活动，却成了他们晚年生活中的主脉。谷永江常说，来到燕园这一年多来，他的身心状态都得到了极大的改善。每天规律的生活作息，加上适度的锻炼和愉悦的心情，让他的体检报告上再也找不到任何疾病的踪迹。

这份健康与幸福，不仅来自良好的生活环境和服务，更源自他内心的平和与满足。他没有被岁月的风霜所击垮，也没有沉浸在过去的荣誉之中，而是保持一颗平常心，坦然面对人生的每一个阶段。他说："余生很贵，务必认真对待！"他的晚年生活，如同一幅淡雅的水墨画，虽无浓墨重彩的渲染，却自有一股清新脱俗的气息。他用自己的方式，证明了即使在人生的暮年，也能活出别样的精彩与从容。

小行动大担当

　　郭培成，今年 31 岁，来泰康之家燕园做维修工已经一年有余。

　　他的日常工作就是穿梭在燕园各个角落，走门串户，为这里的老人们服务。燕园社区专门设立的维修部，担负着为长者们排忧解难的重要使命，而郭培成便是其中的中坚力量。无论是组装家具这样的"大工程"，还是墙上钉个钉子这般的小活计，只要老人们发出求助的信号，维修组的师傅们都会迅速地出现在他们面前。

　　比如，作者家厨房想要装一个防溅水龙头，刚跟管家表了这个想法，没想到几分钟后，维修工郭培成就出现在家门口。这个速度着实让人感到吃惊。

　　郭培成是个腼腆的小伙子，干起活来却格外认真。他仔细地查看了厨房的水龙头位置，然后有条不紊地准备工具，开始安装。他的眼神专注而坚定，每一个动作都显得

郭培成

熟练而精准。安装的过程中，他还不时地询问作者的意见，确保安装的位置和效果能让人满意。

在与他交流的过程中，作者了解到他很喜欢在燕园为老人们服务。他说，这里的老人和蔼可亲，让他感受到了家一般的温暖。每当他为老人们解决了一个问题，看到老人们满意的笑容，他的内心就充满了成就感。

　　在燕园，像郭培成这样的工作人员还有很多，他们用自己的真心和行动，为老人们营造了一个舒适、安心的生活环境。

　　他们是燕园里的温暖守护者，正是有了他们，燕园的老人们才能享受着幸福、安宁的晚年生活。

雕塑艺术进燕园

2024 年 8 月 29 日上午，泰康之家燕园举行了一场别开生面的何燕明雕塑艺术沙龙活动。这个展览不仅是对著名雕塑家何燕明艺术生涯的一次深情回顾，更是燕园居民精神文化生活的一次丰富与提升。

何燕明的老朋友、燕园居民艺术家庞邦本，何燕民的儿子何布出席了活动，并与燕园的多位居民共同见证了这场艺术的聚会。他们的到来和对作品的解读，让这场沙龙充满了对艺术传承与热爱的讨论与思考。何燕明的雕塑作品，以其独特的艺术风格和深刻的主题内涵，赢得了在场所有人的高度评价。这些作品，无论是细腻入微的人物刻画，还是生动的生活场景再现，都充分展现了何燕明作为雕塑艺术家的卓越才华和深厚功底。更为重要的是，他的作品始终紧扣时代脉搏，以人民生活为载体，深情地表达了艺术家对社会、对生活、对人民的热

何燕明

爱与追求。

　　在沙龙中，大家纷纷表示，何燕明的雕塑艺术品不仅具有极高的艺术价值，更蕴含着深刻的思想内涵和情感力量。这些作品让人们通过雕塑这一艺术形式，感受到了艺术家内心的呐喊与呼唤，感受到了他对美好生活的向往和追求。同时，展览也为燕园居民提供了一个近距离接触和欣赏雕塑艺术的机会，让他们在享受艺术之美的同时，也进一步提升了自身的文化素养和艺术鉴赏能力。

与会者纷纷畅谈自己对雕塑艺术的理解与感受，共同探讨如何在快节奏的现代生活中保持对艺术的热爱与追求。大家一致认为，像何燕明雕塑艺术展这样的文化活动应该更多地出现在燕园乃至更广泛的社会领域，以艺术的力量激发人们的情感共鸣，促进社会的和谐与进步。

笑谈国际风云，晚年幸福绵长

　　作者在与燕园居民黄道生和唐有娟夫妇交谈时，对他们那种"轻抚岁月痕迹，历尽人间冷暖，笑谈国际风云"的人生智慧十分钦佩。

　　夫妇二人都出生于 20 世纪 30 年代末，他们以精彩的人生书写了一段关于爱情与奉献的感人佳话。二人同时从北京大学西语系法语专业毕业后，便将青春与热血献给了国家的外交事业。黄道生曾在维也纳国际机构、中国驻法国大使馆、驻欧盟使团以及驻瑞士大使馆等多个重要外交机构任职。1997 年，他荣任中国驻法国斯特拉斯堡总领事馆的首任总领事，为中国对法外交作出了积极贡献，为中国与欧洲议会的友好往来作出了建设性的贡献！使欧洲议会由反华转变为对华友好，这在中国的外交史上应该书写一笔！

　　与此同时，唐有娟由外贸部分别派到几个使领馆商务

唐有娟（左）与丈夫黄道生（右）

处工作，她以专业的素养和出色的工作能力赢得了广泛的赞誉。夫妇二人并肩作战，共同面对多变的国际风云，始终坚守着国家的利益，为祖国赢得了无数的荣誉。

在多年的外交生涯中，他们结交了一大批国际友人。他们为人谦和、待人真诚，既有坚定的原则性，又不失灵活性，这使得他们在国际舞台上备受尊敬。其中，黄道生与法国著名作家罗曼·罗兰的遗孀玛利娅·罗曼·罗兰的深厚友谊成为外交界的一段佳话。罗曼·罗兰夫人曾将一套精装本罗曼·罗兰战争时期的《日记》（全套6本）赠予黄道生，以表达对他的敬意和友谊。而黄道生则无私地将这套珍贵的日记捐赠给了母校北京大学图书馆。在欧盟任职期间，黄道生促成了价值5亿欧元的对华无偿牛奶援助项目，使中国老百姓的餐桌上开始有了无须配额的牛奶供应，同时促进了中国奶牛养殖业的发展。2000年，他们夫妇四十余年的外交生涯完美落幕。不管是顺风顺水岁月静好，还是峥嵘苦难时世煎熬，夫妇二人始终携手相互扶持、相濡以沫。

　　3年前，他们入住燕园，开始享受着宁静而幸福的晚年时光。

鲐背之年，悠扬旋律

1935 年出生的黄晓和，如今已步入鲐背之年，这位中国音乐学界的翘楚，不仅是中国音乐家、音乐教育家，还是中央音乐学院的西方音乐史教授、博士生导师。他的头衔众多，无一不彰显着他在音乐领域的深厚造诣和卓越贡献。

1995 年黄晓和教授正式退休，但他的音乐生涯却并未就此画上句号。相反，他依然活跃在音乐教育的第一线，直到 2019 年，他才真正结束了带博士生的重担。而那时，他已经入住泰康之家燕园 4 年之久。如今，黄晓和在燕园已经度过了整整 10 个春秋。他说："燕园是我人生最后一个家。"

说起在燕园的生活，黄晓和脸上堆满了笑容。他坦言，这里是他最理想的养老之地，是世界上难以找到的更好的栖息之所。燕园的文化氛围深深吸引了他，这里聚集

黄晓和

了大量的知识精英，他们对高雅的音乐以及音乐史都怀有浓厚的兴趣。这使得黄晓和在燕园如鱼得水，他以音符为笔，绘就传奇篇章，他的音乐才华得到了充分的展现。

　　为了回馈居民的热爱，黄晓和在燕园办起了各种音乐讲座，吸引了大批音乐爱好者前来聆听。他不仅为人们讲解音乐知识，还为小合唱团担任指挥，亲自辅导学员们演唱。他的热情与专业赢得了居民们的广泛赞誉和热爱。

　　在黄晓和 90 岁生日那天，燕园的音乐爱好者们专门为他举行了一场隆重的生日庆祝活动。活动中，黄晓和亲自伴奏，在琴键的起伏间，情感如潮水般涌动，化作悠扬旋律，讲述着无声的故事，他弹奏的每个音节都让人沉醉不已。祝寿的人们唱着一首首欢快的歌曲，将鲜花献给这位值得尊敬的长者。那一刻，黄晓和的脸上溢满了幸福的微笑，他感受到了来自燕园大家庭的温暖与关怀。他激动地说："我从来没有经历过这么美好的生日，我感到幸福，欢愉，心动瞬间。"

　　黄晓和的人生，与音乐相伴，与旋律共鸣。他的音乐才华、教育热情和人格魅力，都深深地感染着每一个人。在燕园这个充满文化氛围的家园里，他将继续书写自己的音乐人生。

仁术仁心

　　在泰康之家燕园，不断听居民说起康复医院中医大夫姜超，说她医术好，对老人有仁爱之心。仲夏的一天，作者终于见到了她。首先映入眼帘的是她背后墙上挂满的锦旗，每一幅锦旗上都表达了患者对姜超的赞许与感激。姜超，年仅 46 岁，她已经拥有中医博士学位，并在中医领域深耕十几年了，她用双手和智慧，书写了关于生命与希望的动人篇章。

　　每天，姜超医生的诊室总是门庭若市，她需要接待的患者多达 30 余人。面对每一位前来求诊的患者，姜超医生总是耐心倾听，细致问诊，她的眼神中充满了对患者的关怀与同情。正是这份真挚的情感，让她在患者心中树立了"仁心仁术"的高尚形象。

　　有位被尿失禁长期困扰的患者，在服用了姜医生的药后，终于摆脱了尴尬的困境；一位多年饱受瘙痒折磨的患

姜超

者，也在她的精心调理下，症状得到了明显的缓解；还有因头疼而不得不依赖止疼药度日的患者，在姜医生的悉心治疗下，止疼药的用量逐渐减少，生活质量得到了显著的提升。更令人称奇的是，她还成功帮助新冠白肺患者恢复了正常的肺功能。

姜超认为，中医不仅仅是一门医术，更是一种文化，一种精神。在她看来，每一位患者都是一个独特的个体，他们的病情背后往往隐藏着复杂的社会和心理因素。因此，在为患者治病的同时，姜超医生也总是尽力去了解他们的成长经历，探究可能影响病情的心理因素，从而制定出更加全面、个性化的治疗方案。这种真正做到"治病救人"的医者风范，让她赢得了患者及家属的广泛赞誉。

在采访中，姜超医生多次谦逊地表示："我来泰康之家燕园康复医院已经 7 年了，院领导很重视我们中医，我自己也没有什么大本事，如果我能减轻患者的一点儿痛苦，让他们活得更有尊严，我就感到高兴！"简单的话语背后，是她对医学事业的无限热爱和对患者抱有的"悲悯"之心。她的医术为患者解除了疾病痛苦，她的"悲悯"温暖了患者的心灵。

康震赴燕园人文大讲堂

泰康之家燕园人文讲堂于 2024 年 6 月 24 日创建并开启仪式后，开堂第一讲就邀请到中国古代文学与传统文化研究专家、教授、博导，北京师范大学党委常委、副校长康震老师，于 7 月 8 日下午为燕园养老社区的长者们奉献了一场主题为"唐宋诗词魅力"的演讲。

当天下午，燕园人文讲堂的主、分会场内座无虚席，数百名燕园居民早早地来到现场，期待着这场文化盛宴。康震老师庄重而儒雅地快步走上讲台，向台下在座的长者们深深地鞠了一躬，微笑着说："叔叔阿姨们好！我作为长辈们的孩子，今天来跟您们聊聊天，汇报一下我的学习成果。"这亲切的话语瞬间拉近了他与听众之间的距离，台下的白发老人立刻爆发出热烈的掌声，掌声中充满了对康震老师的热情欢迎和期待。

康震老师演讲内容丰富而深刻。他首先介绍了唐诗宋

康震

词能流传千古至今的原因。他指出，除了社会大环境的影响，交通发达、纸的发明和印刷术的应用以及以人为载体口口相传等因素外，最根本的原因是作品本身的水平，广受文人志士与广大民众的喜爱欢迎。经典之所以能够永世传诵，是因为它们蕴含着深刻的思想、丰富的情感和优美的语言，能够跨越时空，触动每一个读者的心灵。

康震老师以他那渊博的知识、优雅的气质，由浅入深、由古而今、侃侃而谈。他用讲故事的形式，介绍了唐宋诸多名家的经典诗句。从李白的豪放洒脱，到杜甫的沉郁顿挫，再到苏轼的豁达乐观，他深入浅出地分析了这些诗人的作品和有关故事，不仅展示了诗词的美学价值，还从中提炼出人生的哲理。他告诉燕园的长者们，诗词不仅仅是文学作品，更是人生的指南。在这些经典中，我们可以找到面对困境的勇气、面对挫折的坚韧以及面对生活的豁达。康震老师还特别强调了保持乐观情绪的重要性。他鼓励燕园的长者们，只要精神不倒，人生就不老。他用生动的例子说明，无论年龄多大，只要心中有真爱、有梦想，生活就充满希望。他希望长者们能够不断寻找生活中的乐趣，让自己的生活更加丰富多彩。他深情地对台下的老人们说："再活一次青春，再活一次少年！"这不仅是对长者们的鼓励，也是对所有人的期许。

康震老师的演讲充满了智慧和热情，他阐述的观点引发了听众的共鸣。他的语言生动形象，讲解深入浅出，让在场的每一位听众都仿佛穿越时空，与李白、杜甫、苏轼等名家对话。他的演讲不仅是一场文学的盛宴，更是一次心灵的洗礼。

演讲结束时，康震老师再次向长者们深深鞠躬致敬。台下再次爆发出热烈的掌声，经久不息。来讲堂听讲的燕园居民们纷纷起立，向康震老师表达他们真诚的敬意和感谢。康震老师的演讲征服了在场的每一个人，他用他的知识、热情和对长者们的真诚、尊重，为燕园的居民们带来了一场难忘的文化盛宴，也让大家对唐宋诗词的魅力有了更深的理解和感悟。

浪迹天涯，找到归宿

考瑄，一位 1962 年出生的普通人物，却用他的人生经历书写了一段不凡的旅程。1985 年，他从北京外国语大学的法语专业毕业，怀揣着对知识的渴望和对未来的憧憬，被分配到了首钢工作。然而，四年的职业生涯并未让他停下追寻的脚步，反而激发了他对更广阔世界的向往。于是，他毅然决然地辞去了稳定的工作，转身投入了旅行社的怀抱，成为了一名法语导游。从此，他戏称自己"浪迹天涯""马路天使"。在这个新的岗位上，考瑄的法语知识得到了充分的发挥。

他频繁地带领着法语旅行团游览全国各地的名胜古迹，穿梭于祖国大江南北，不仅巩固提高了自己的外语水平，更锻炼了他敏锐的反应能力和出色的沟通技巧，成为了一位不是外交官的"外交官"，担负起"民间大使"的职责。面对国际游客提出的形形色色问题，无论是国际问

考瑄

题，还是对中国传统文化的疑惑，他都能以恰当的方式，准确的语言给予回答，让游客在游览美景的同时，更加深入地了解中国。他通过生动的讲解和有趣的方式介绍城市的历史、文化、风土人情和景点特色。

　　每一次的讲解和介绍，都是在向世界展示中国的形象。他以严谨的态度进行沟通，用热情的服务赢得了游客的赞誉和尊重，让一些原本对中国有误解的游客改变了看法，避免了一些麻烦。考瑄为自己的工作而感到自豪。

2022 年，他迎来了退休的时刻。对于一个曾经"浪迹天涯"的人来说，退休并不意味着停下脚步。他不断自驾出游，继续"浪迹"于祖国大好河山之中。一次偶然的机会，他考察了泰康之家燕园，并发现这里并非传统意义上的养老院，而是一个充满活力和现代感的"高档"社区。

他被燕园的魅力所吸引，于是做出了一个大胆的决定：卖掉自己的房子，将家搬到这个充满希望的社区。在这里，他尽情享受着高品质的生活和丰富的社区服务，仿佛置身于一个全新的境界。

他凭借着自己的勇气和智慧，实现了人生的华丽转身。在燕园这个"高档"社区里，他找到了属于自己的幸福和满足：游泳、健身、看电影、听讲座等等，每天忙得不亦乐乎。他感慨地说："我从未想过自己能过上这样的生活，但在这里，一切都变成了事实。"

历尽沧桑，目睹祖国强大

"真正能让你如梦初醒，看透人生的，只能是自己刻骨铭心的经历。"今年 92 岁的李道煃如此说。李道煃一生跌宕起伏，他目睹了国仇家恨，迎来了新中国诞生，经历了国家发展各个历史阶段。

1937 年，南京的天空被阴霾笼罩，年幼的李道煃目睹了日寇的残暴与无情，家人的不幸遭遇成为了他心中永远的痛。1949 年，南京解放的曙光照亮了这片饱经沧桑的土地，也照亮了李道煃的心灵。16 岁他加入了共青团，21 岁时又加入了中国共产党。从此，"跟党走"成为他一生的信仰与追求。他先后在共青团的岗位上，默默奉献了多年的青春与汗水。之后又从共青团工作到外贸战线，再到中信集团公司，他的足迹遍布世界很多国家和地区，为国家的对外贸易事业贡献了自己的力量。无论身处何地，他始终保持着廉洁奉公、踏实肯干的作风，多次在生死边

李道煃

缘徘徊，却从未退缩。

夫人雷健，同样是一位令人尊敬的老革命。两位老人携手走过了 70 年的风风雨雨，无论是在国内还是海外，他们都心系祖国，不忘国耻，矢志不渝地为振兴中华而努力。他们尽管在海外工作生活了几十年，享受着环境的清新和福利的优厚，但李道煃夫妇却始终没有家的感觉。随着年龄的增长，落叶归根的想法在他们心中愈发强烈。他们渴望回到祖国的怀抱，感受那份久违的亲切与温暖。

于是，2023 年 7 月，他们踏上了回国的航班，飞机落地后，他们直接驱车来到泰康之家燕园，开启了新的生活篇章。在燕园，李道煃夫妇找到了属于自己的家。他们看着祖国日新月异的变化，心中充满了无比的自豪与激动。他们知道，自己虽然年事已高，离休赋闲在家，但对家国的热爱与责任永远不会泯灭。8 月 16 日，就在作者采访他的时候，李道煃用他颤抖的手，在纸上写下"没有党就没有我的一切，是党把我从一个旧社会的穷孩子培养成人，历经沧桑岁月，目睹祖国强大，作为共产党员我感到无比光荣自豪。"

燕园给了我第二次生命

今年 76 岁的李建民，说起自己人生中遇到的贵人，感激之情无以言表。学生时代大半夜坐火车被撵下车，他的同学毅然决然与他同行。几十年过去了，他想尽办法找到老同学，再次表示感谢！他当过兵，上过前线，留在记忆中的是永不消逝的战友情。2022 年底，一场无情的新冠疫情，让他险些送命，是泰康之家燕园中医姜超大夫让他起死回生，令他永生不忘。

远的不说，就说他被感染新冠后，在一家三甲医院住院一个月后，医生劝他回家休养，可他当时的症状依然比较严重，肺部全部变白，俗称"白肺"。一个大男人整天蔫头耷脑，什么都干不了，全凭夫人伺候。可是夫人当时还在上班，工作家庭两头忙，实在有点吃不消。此时，夫人说："我们去泰康之家燕园住吧！"原来，夫人是一位具有远见卓识、善于理财治家的女人！她早就买了

李建民

一份泰康幸福有约的保险，凭着这份保单，他们可以直接入住泰康之家燕园。就这样，李建民和夫人在 2023 年 2 月，拎包入住了泰康之家燕园。紧接着，李建民就到泰康康复医院中医科，结识了姜超大夫。姜超大夫仔细询问了病情，为他做了详细检查，对李建民说："你别着急，你的病主要在肺部，我就从这里入手给你调理。"说到这里，李建民伸出大拇指道："姜大夫真是厉害呀！吃了一个星期的中药，我立马就感觉浑身有劲了，也能吃饭了。后来，姜大夫还让我坚持每天做经络操。"除此之外，李建民又到高压氧舱做了配合康复治疗后，心慌、心动过速等一些症状都逐渐消失了。当问到他现在感觉如何时？李建民笑呵呵地道："你看我现在这身体多棒呀，白肺早就都好了，全部正常！姜大夫和泰康康复医院治疗救我一命啊！"作者开玩笑说："你还得感谢你夫人，要不是她有远见买了泰康的保险，你在家里估计也够呛？"李建民点头道："可不是嘛，家里哪能有泰康燕园这么好的条件呀？"如今，他们夫妇已经把自己家里两套住房全部卖了，就以泰康燕园为家了。他笑着说："这回我夫人彻底解放了，不用再担心我了，她每天唱歌跳舞、聊天、上课，快乐无比。"言语中，李建民流露出对夫人的敬佩和深深的感谢，同时也有对燕园康复医院医生的浓浓谢意。

深情回馈父母养育之恩

　　子女孝顺父母，是中华民族的传统美德之一。特别是父母年老以后，子女对父母的呵护和照顾，更显珍贵。

　　燕园居民 91 岁的雷健和 92 岁的李道煊夫妇都是离休干部，他们有两个女儿，小女儿在海外，大女儿在国内。前二十年老两口基本上是在海外时间多，在国内生活的时间少。2018 年底，老两口最后一次出国，原本打算一年半载就回来，没想到突发疫情，让他们在海外滞留 5 年之久。2023 年，老两口坚持要回国，大女儿李南（68 岁、儿孙满堂），心里时刻想着能为年迈的父母提供一个舒适、安心的养老环境。父亲患有帕金森病，行动不便；母亲虽然身体尚算硬朗，但也露出岁月刻蚀的明显痕迹。这 5 年里，李南无时无刻不在为父母的养老问题操心。她思虑的是："父母是我生命中最宝贵的财富。我最想感谢的就是父母，最亏欠的也是父母，以前都是父母替我们负

李南（左）与母亲雷健（右）

重前行，现在我们有能力可以让他们享受幸福晚年。"李
南曾想过请保姆来照顾父母，却担心保姆的专业性和责任
心无法满足需求。随后，她又实地考察了多家养老社区，
在反复比较和权衡后，李南最终将目光锁定在了泰康之家
燕园。这里不仅环境优美，而且还有全方位的医疗护理和
养老服务，以及各种人文活动，让父母在享受高品质生活

的同时，也能得到专业的照护。为了让父母能够顺利入住燕园，李南购买了一份泰康幸福有约保险。她知道，父母一生节俭，经济上不差钱，但这份保险不仅是对父母晚年生活的保障，更是自己对父母养育之恩的一份回报，同样也是对自己未来养老的一份保障。

2023 年 7 月，当父母从海外归来时，李南早已为他们挑选好了最合适的房子，并精心布置了一番，让父母一踏入家门就感受到了温暖。看到女儿如此用心，父亲和母亲都感到无比欣慰。父亲笑着说："人家说女儿是妈妈的小棉袄，我说女儿是我的棉大衣！"这句话不仅是对李南孝心的高度评价，更是对女儿无私奉献精神的深深感激。

如今，李道煊在燕园得到了专业的医疗照护，病情得到了有效控制；雷健也在这里找到了新的朋友和乐趣，原有的焦虑症基本痊愈。每天，他们都会在园区里开心地聊天、锻炼体能，享受着幸福的晚年生活。

李道煊作诗赞道："相恋相爱七五秋，风雨同舟到白头，共进燕园欢乐群，颐养天年乐无忧。"为了能多陪伴父母，李南不辞辛苦，每周都要抽出时间，乘公交车到燕园往返 4 个多小时，送去她的问候和关心。李南动情地说："父母在，人生尚有来处；父母去，人生只剩归途。"

痛苦中，温馨相伴

2022 年 3 月 23 日，对李萍来说，是一个刻骨铭心的日子。她的丈夫费先生，那个一直陪伴在侧的坚实依靠，被诊断出患有肾衰竭，如同晴天霹雳，瞬间搅乱了这个家的平静生活。最无奈的是，多家北京三甲医院的专家，给出了几乎相同的结论："别太较真了，该给他吃点什么就吃点什么吧。"言外之意：费先生的时间已所剩无几。

面对这样如同"判了死刑"的诊断，李萍的女儿和儿子坚决不愿接受父亲如此的命运安排。他们叫了一辆急救车，不顾父母的反对，毅然决然地将费先生和李萍一同拉到了泰康之家燕园康复医院。那一刻，李萍的脸上写满了不情愿，她反复说着："上这里干啥？我们回家！"但儿女们的坚持，最终还是让他们留在了这个陌生的地方。这样的安排，至少让李萍不用再每天推着轮椅，往返奔波于

李萍

家和医院之间。在燕园康复医院的日子里，费先生接受了
透析治疗，虽然过程充满了痛苦，但医院的医护人员却给
了他们无尽的温暖和关怀。李萍回忆说："他们对我们太
好啦！尤其是对我老伴儿，真没得说！对其他病人也同样
好！"这一年来，费先生的病情虽然时好时坏，但医护人

员的耐心和细心，无微不至地照顾，让他们感受到了前所未有的温暖。

然而，命运似乎并不打算轻易放过这个家庭。到了2023年，费先生的病情突然加重，肾透析导致肠穿孔。面对这样的突发状况，燕园康复医院的医生护士更是竭尽全力，他们用尽一切可能的手段，只为延长费先生的生命。李萍说到这里，感动得热泪盈眶。她说："燕园的医生和护士非常专业，有耐心且充满爱心。在我老伴儿接受治疗的过程中，医护人员始终以患者为中心，用他们的专业知识和技能为我老伴儿提供了最好的医疗服务。他们耐心解答我的问题，让我们家属感到安心和放心。他们的爱心和关怀让我老伴儿在病痛中感受到了温暖和希望。"尽管医护人员付出了所有的努力，但最终还是没能挽留住费先生的生命。2023年6月29日，费先生83岁离开了人世。那一刻，李萍的心如刀割，但她知道，这一切都是命运的安排。

如今，住在燕园活力区的李萍，她78岁了，现已逐渐走出亲人离世以后的阴霾，重新面对生活，坚持游泳、养生等运动锻炼，结交了不少新朋友。每当回想起在燕园康复医院的那段日子，她的心中总是充满了感激。她说："我永远不会忘记燕园康复医院，是他们给了我们希望和温暖。虽然老伴儿走了，但他们的恩情我会永远铭记在心。"

桑榆未晚，生活有尊严

李瑞珍今年 88 岁了，几十年如一日当老师，教了一辈子数学，桃李满天下。自打入住泰康之家燕园后，她感觉特别的爽："我心安了！"她还说："燕园是我生命的最后一站。"她把自己唯一的住房卖掉了，以证明自己永不回头的决心。她之所以能有如此气魄，话还得要从头说起。

李瑞珍中年时爱人牺牲，一人带着两个女儿，独自生活颇为艰难。如今女儿早已成家，渐渐自己年龄也大了，变老了，一个人生活的确很是不便。退休后，请过保姆，但总感觉保姆不但不能全身心照顾自己，自己反而要操心保姆的需求，岂不是花钱找麻烦？于是她选择了燕园。刚来那会儿，没多久，一天她感觉不舒服，昏睡在了床上，保洁员上门做保洁，看到李瑞珍躺在那里没有回应，走过去询问："阿姨，您不舒服了吗？"随后用手摸了摸她的

李瑞珍

额头很烫。"呀！阿姨，您发烧了！"于是，保洁员立即拉了铃绳报警。当她微微睁开双眼时，身边站着医生、管家和中控人员，身边有急救担架。她被送到医院，检查是急性胰腺炎！

突发疾病以后，给李瑞珍的震撼特别大。她说："泰康燕园这个地方养老太好啦，这里什么都不用自己操心，一天三顿饭我都去餐厅吃，过去在市里自己家，天天得到市场采购、做饭、洗碗、收拾屋子等等，现在这些麻烦事通通不用自己操心了，甚至屋子里卫生也有人搞，连垃圾都不用自己往楼下垃圾桶里扔，放到自家门口就有人收，还给你换上干净的垃圾袋。除此之外，我每天唱歌，有时跳舞，还能参加各种丰富多彩的活动，特别开心。更主要的是生活在燕园有家的氛围！"

李瑞珍说起来燕园的切身感受，真是越讲越兴奋。作者终于明白了，让她下定决心卖掉自己房子的原因，不就是她来泰康燕园得到心情愉快、生活幸福吗？她把这里看作是自己晚年最理想的家。她要在这里快快乐乐走完自己人生的路。

珍惜眼前，精彩活着

俗话说："你将失去的东西，你才能懂得珍惜。"这句话在李英子身上得到了生动的体现。李英子是一位朝鲜族老人，今年已经 83 岁了，但她对生活的态度却与许多同龄人截然不同。与她聊天，既是一种交流，更是一种愉悦的体验。

李英子为人温和，笑口常开，总是给人一种温暖而亲切的感觉。她热爱生活，尤其喜欢参加各种娱乐活动，唱歌、跳舞样样在行。她总是能用歌声和舞步感染身边的人，把快乐传递给每一个人。她喜欢在镜头前表现自己，总是精心打扮，把最美好的一面留给他人。她常说："生活就是要让自己和身边的人开心。"

李英子来到泰康之家燕园已经好几年了。她深深地爱上了这里自由自在的生活，喜欢这里热情的朋友，更喜欢这里种类繁多的文体活动。在这里，她找到了属于自己

李英子

的娱乐天地。她常说："我来这里不是为了简单地养老，而是来享受我的晚年生活。"她尤其羡慕那些年龄偏小的"70后"，总是感慨地说："就应该早点儿来泰康燕园，只有这样，你才能有更多时间享受这里的一切。"

李英子对生死有着一种坦然的态度。她坦言："人早晚都得走，不管你职位多高，也不管你多有钱，死亡是每一个人的终点。"因此，她主张活着就要快乐，就要活得明白。她用自己的行动诠释着这种生活哲学。她和老伴儿原本拥有一栋漂亮的别墅，儿女也都很孝顺，但她却选择离开舒适的家，来到泰康燕园。她常说："趁着自己还能走能动，就应该多享受生活，而不是在家里虚度光阴。"

在泰康燕园，李英子的生活丰富多彩。她每天都会参加各种活动，和朋友们一起唱歌、跳舞、做手工，甚至还会学习新的知识。她喜欢尝试新鲜事物，总是充满好奇心。她常说："生活就是要不断尝试，不断寻找乐趣。"她的这种态度也感染了身边的人，许多人都被她的乐观和热情打动。

李英子的故事让我们明白，珍惜眼前的一切是多么重要。她的经历告诉我们，无论年龄多大，无论生活给予我们什么，我们都可以选择快乐，选择珍惜。她用她的行动证明了，即使面对生命的终点，我们依然可以活得精彩，活得有意义。

谁说我不能住燕园

　　古稀之年的李勇和夫人刘寅阁，自 2023 年 10 月入住泰康之家燕园以来，脸上总是洋溢着幸福的笑容。他们说："我们就是普通百姓，没当过官，只有小学五年级文化，一个是开车的，一个是记账的。能住在燕园，享受这种高端的老年生活，是我们一生最大的幸福！"

　　李勇夫妇是一对平凡却不平庸的夫妻。他们因历史时代的局限性，没有机会上学读书，虽然文化基础相对薄弱，但内心充满自信与坚韧，从不因自己的学历低而妄自菲薄。他们懂得知识的海洋浩瀚无垠，只是自己尚未探索到更深的地方，但这并不妨碍自己以积极乐观的态度面对生活，勇于学习新知识，不断提升自我。在李勇的认知世界里，文化水平低从不是阻碍自己成长的绊脚石，反而是无所事事和不求学习进步的懒惰心态，才是阻挡自己探求新生活的最大障碍。思想通畅了，对未来生活想明白了，

李勇（左）与夫人刘寅阁（右）

也就有了不断前行的动力。

　　李勇在年轻时凭借着自己的胆识和智慧，借助英文翻译，做起了皮毛国际贸易。他走南闯北，去过芬兰、丹麦、美国、加拿大等国家的皮毛拍卖市场参与竞拍，积累了丰富的市场经验和人脉资源。他的生意做得风生水起，为家庭未来生活打下了坚实的基础。

2000 年退休后，李勇夫妇开始了他们的自驾游生活。他们驾驶着爱车，跑遍了祖国的大江南北，领略了无数美景和人文风情。他们还去了欧洲十几个国家，开阔了眼界，提高了认知。在自驾游的过程中，他们更加懂得如何享受生活的美好，也增强了他们追求美好未来的强烈愿望。李勇夫妇 2017 年起，就开始为未来养老做打算。他们经过多方考察和比较，决定卖掉自己的房产，购买了泰康幸福有约保险，为未来的养老生活做好了充分的准备。

入住泰康之家燕园后，李勇夫妇被这里优美的环境、完善的设施和贴心的服务以及各种知识讲座深深吸引。他们积极参与社区的各种活动，结交了许多新朋友。李勇还利用自己的丰富经历，向来访者分享他们的养老心得和体会。同时，他们还旅居泰康之家的其他社区，不断分享自己的养老经验和生活感悟。

身为燕园居民体验官，他理所应当获得了一定报酬，但李勇却把全部报酬捐献给了泰康之家溢彩基金会。李勇说：捐出一份爱心，收获一片温暖。李勇之前糖尿病在专家杨文英的精心调理下，血糖基本稳定，手中的拐杖也被丢弃了。这让他更加坚信，选择泰康之家是正确的决定。

他说："平民百姓同样可以享受最好的服务。在泰康之家，我没有被歧视，没有被边缘化，我感受到了自身价值的存在，同时，通过参加各种讲座，让我学到了很多宝贵知识。"李勇夫妇的经历告诉我们，无论人的出身和社会地位如何，只要愿意付出努力，就能实现自己的价值，实现自己的梦想。

晚年绽放异彩，岁月不败美人

以海洋为舟，以文艺为帆，驶过了数十年的波澜壮阔。李云鹰，她的名字如同她曾演绎过的每一个角色，飘逸舒展而自信，优雅丰美而充满力量，冷静少语且不失温度。她的故事，是关于梦想、奉献与自我超越的传奇。

自幼便对艺术抱有无限兴趣和热爱的李云鹰，因缘际会，踏入了海军的大门。在这片蓝色的天地间，她不仅是一名普通的战士，更是文化与艺术的传播者。从舞台上的轻盈舞姿，到报幕员、主持人，再到最终成为引领团队前行的师级导演，李云鹰凭着她的才华与汗水，在海军的文艺舞台上绘就了一幅幅动人的画卷。每一次的演出，都是她对海军战士深情厚谊的表达，是她对这片深蓝海域最真挚的礼赞。在她的心目中，海军战士不仅是国家的脊梁，更是她精神的灯塔。每一次深入基层，与战士们面对面交流，她都能感受到那份纯粹与坚韧，那份为了国家和人民

李云鹰

不惜一切的精神力量。这份感动与敬仰，化作了她艺术创作的源泉，让她的作品更加生动、更加有力。

　　岁月如梭，时光如箭，转眼间，李云鹰已跨入老年人行列，她来到泰康之家燕园开启了人生的新篇章。在这里，她看到了老年生活的另一种可能——不仅仅是生活的安逸与闲适，更是对美好生活的追求与享受。她倾慕那些依旧保持着优雅气质、精致生活的老人们，同时也在思考：作为女性，如何在晚年依然能够活出自我，绽放光彩？她说，我们这些人是新中国第一代养老新方式的体验者，也是新的养老方式的实践者和创造者。如何让自己在精神上得到升华？

就这样，唱歌、跳舞、弹琴，李云鹰让艺术成为她晚年生活的快乐源泉；她精心打扮，用最美的姿态迎接每一天的到来。她积极寻找志同道合的朋友，共同探讨人生的意义与价值，思考如何继续为社会贡献自己的一分力量。

让孝道在岁月中延续

　　在岁月的长河中，李振铭宛如一本厚重的史书，承载着近一个世纪的风雨与故事。今年，95 岁高龄的他，是一位饱经沧桑的老华侨。回溯 1954 年，年仅 24 岁的他，怀揣着对故土的眷恋与炽热的希望，毅然告别印度尼西亚的父母，踏上归乡的旅程。

　　回国后，李振铭凭借努力与才华考入师范学院。此后，他投身教育事业，在中学的讲台上默默耕耘，挥洒汗水，直至光荣退休。李老的老伴儿同样是印度尼西亚归侨，身为一名大学教师，她坚持用知识与智慧照亮学生前行的道路。两人携手走过六十多个春秋，他们热爱运动，钟情于探索世界的每一处风景，也热衷于结交志同道合的朋友。

　　然而，岁月不饶人，随着年龄的增长，老两口的活动能力逐渐减弱。2022 年，经孩子们介绍，他们一同入住

李振铭

燕园。燕园完备的设施、如诗如画的幽雅环境以及无微不至的服务，让两位老人仿佛找到了晚年理想的栖息港湾，满心都是欢喜与满意。

命运却在不经意间露出残酷的獠牙。2023 年，李老的老伴儿癌症复发，病情急转直下，最终不幸病逝。在弥留之际，她仍对孩子们喃喃道，后悔没能早点入住燕园。

这份眷恋，是对燕园生活的深深认可，也是对生命中美好时光的不舍。

老伴儿的离去，让李老陷入了巨大的痛苦之中。但他并未被悲伤彻底击垮，在与孩子们商议后，他决定独自继续留在燕园。为了让父亲安心养老，孩子们在征得李老同意后，处理了他在城里的房子。从此，李老在燕园开启了新的生活篇章。

在时间的抚慰下，李老慢慢适应了燕园的独立生活。如今，他精神矍铄，身体硬朗，耳聪目明，行走自如，岁月似乎格外眷顾这位老人。每天，他都会坚持去游泳，在健身房挥洒汗水，保持着良好的生活习惯，孩子们时常来探望李老。另外在燕园里，他不仅时常与过去的老朋友、老邻居谈天说地，回忆往昔的点点滴滴，还结识了许多新朋友，生活变得愈发丰富多彩。

回首往昔，李老常常感慨万千，庆幸自己晚年既能享受家庭的温暖，又能在燕园安享天伦，安度这宁静而美好的时光。燕园，不仅是他生活的居所，更是他心灵的归宿，承载着他对未来生活的无限期许。

主动寻找生活，主动寻找快乐

刘富霞以知识为舟，以勤奋为帆，穿越了时代的风云变幻，优雅地谱写人生每个章节，晚年生活亦能绽放别样的光彩。

1940 年，刘富霞出生于四川这片沃土，自幼便展现出对知识的渴望与追求。1958 年，18 岁的她，凭借优异的成绩考入了四川外语学院（现四川外国语大学）俄语专业，开启了她的外语学习之旅。在那个年代，能够接受高等教育已属不易，而刘富霞更是以卓越的才能和不懈的努力，在毕业后顺利分配到中国政法大学，成为了一名外语教师。

她不仅教书育人，还不断提升自我。20 世纪 90 年代被派往苏联留学进修，这次经历拓宽了她的学术视野，让她更加坚定了终身学习的信念。回国后，继续在中国政法大学担任俄语教授，同时用英语辅助教学，展现了她跨语

刘富霞

言教学的卓越能力。

　　2003 年，刘富霞正式告别讲台，进入退休生活。她始终是一个快乐的人，热爱生活的人。她认为年龄只是数字，心态才是决定生活质量的关键。所以，她继续以满腔热情担任各种社会职务，参加多种活动。

　　刘富霞来到泰康之家燕园，开始抱着试试看的心态，没想到自己却深深爱上了这里。面对外界的疑问，她坦然回答："学校虽然不错，但泰康之家燕园给了我更多。"燕园以其优美的环境、广阔的空间和丰富的人才资源，吸引了众多来自北大、清华等顶尖学府的学者专家。在这里，刘富霞不仅结识了志同道合的朋友，还学习了许多在校园里难以触及的知识，比如世界语，这让她感到无比兴奋和满足。

在燕园，刘富霞找到了属于自己的舞台。她不仅在台下积极参与唱歌、跳舞等老年活动，还勇敢地登台表演，展示自己的才艺和风采。这些活动不仅丰富了她的晚年生活，更让她感受到了前所未有的活力和快乐。她常说："在这里，我仿佛又回到了青春时代，每一天都充满了希望和期待。"

刘富霞在岁月的洗礼下，如今更显从容与优雅，她主动寻找生活，主动寻找快乐，活出了生命的深度与广度。

认知改变命运

　　一个人的思维方式和认知理念在塑造自己命运中起着决定性的作用。82 岁的刘光明，恰恰是有着与许多同龄人不同的认知，才改变了他的命运，以致让他拥有一个幸福的晚年生活。

　　刘光明和老伴儿前些年在生活上也感到过无奈与无助，因为他们的两个儿子都不在身边，一些生活上的重要问题没有亲人可以面对面交流讨论和解决。然而，他没有被这些负面条件所困，而是选择了一种更为积极、前瞻的考虑来对待面临的问题。究竟在哪里养老？他们没有选择继续留在熟悉的家中，忍受孤独与不便，而是经过反复比较，果断做出了一个重大决定——卖掉房产，入住泰康之家燕园。这一决定，看似是对现实的无奈妥协，实则是他们对晚年生活质量的主动追求，是他们认知提升的直接体现。在许多人眼中，将财产留给子女是天经地义的事，而

刘光明

刘光明夫妇在女儿的理解和积极支持下选择了另一种方式——将房产用于自己的养老生活。他坦言，这种"自私"其实是一种更大的无私，既为国家减轻了养老负担，又避免了给子女增添额外的经济压力和精神压力。这种认知的转变，让他看到了个人幸福与家庭和谐、社会责任之间的微妙平衡，实现了从"小家"到"大家"的跨越。

　　刘光明夫妇懂得，房子虽然是财富的一个象征，但对于他而言，更实际的需求是一个能够让他安享晚年的生活环境。经过资产置换，刘光明夫妇有了支持养老的经济保证，获得了在泰康之家燕园的居住权。这里有舒适的生活环境，有诸如科技讲堂、人文讲堂等学习的好机会，可以满足自己"活到老学到老"的夙愿；这里居民平均学历高，素质都比较好，志同道合者多，有归属感，可以发挥自己的潜能，实现自我价值。

　　在泰康之家燕园，刘光明积极参与社区各种活动，结交新朋友，学习新知识，满足了自己年轻时未能实现的梦想。这种对知识的渴望和对生活的热爱，让他在晚年依然保持着年轻的心态和活力。他觉得自己是一个幸福的老人！他说，只有与时俱进，改变认知，积极面对新生活，才能在晚年找到属于自己的幸福。

爱就是理解，孝就是陪伴

有一种深情叫作理解与顺从，它如同温暖的阳光，照亮了晚年生活的每一个角落。刘丕源，这位曾在中国国际图书贸易集团总公司辛勤耕耘、奉献一生的老人，如今已步入92岁的高龄。他的女儿，刘英，一个充满孝心与爱心的女性，用她的行动诠释了何为"百善孝为先"。

自2018年刘英母亲因病离世后，她深知父亲对过往的深深怀念和内心的孤独。为了缓解这份难以言喻的思念，她把父亲接到自己家住，并带着年迈的父亲踏上一次次说走就走的旅行，从日本的樱花烂漫到青岛的海风轻拂，再到海南的温暖如春，每一处风景都留下了父女俩温馨的身影。然而，旅行虽然美好，终究要回归现实，如何更好地照顾父亲，刘英心中反复考量。当刘英试探性地提出为父亲的老宅重新装修，并聘请保姆照顾居家养老的建议时，却意外得到了父亲截然不同的回答：别考虑在家养

刘丕源（左）与女儿刘英（右）

老了，我决定卖掉老宅，去养老社区。父亲这一决定，对刘英而言，很出乎意料，但她很快便意识到，这是父亲深思熟虑后的选择，是对晚年生活质量的更高追求。于是，刘英没有丝毫犹豫，带着父亲走访了多个养老社区。最终，他们选定了泰康之家燕园。燕园之所以得到刘丕源父女的青睐，是因为这里有完善的养老设施、社区员工们贴心的服务以及充满活力的社区氛围。

2019 年 6 月，刘丕源正式入住燕园，开启了他人生的新阶段。在燕园的日子里，刘丕源仿佛焕发了青春。他积极参与社区的各项活动，唱歌、跳舞、听讲座，与同龄人分享生活的点滴快乐，脸上始终挂着幸福的笑容。每当夜幕降临，燕园内灯火通明，欢声笑语不断，这份温馨与和谐让刘丕源深感幸福。然而，在享受这份幸福的同时，他也偶尔会流露出对逝去老伴儿的深深怀念，以及留有未能与她一同享受这份美好的遗憾。深知父亲的这份情感，刘英的眼中也饱含泪花。她觉得自己之所以顺从父亲的意愿，卖掉他的房子，送他到泰康之家燕园居住，正是为了不留遗憾，让父亲在晚年能够过上自己真正想要的生活。

正是这份孝心与理解，刘英每个周末都要来燕园陪伴老父亲，给他做点儿可口饭菜，更让他感受到晚年生活充满了爱与温暖。

他忠于职守，值得敬佩

　　夏日的一天，作者有幸在泰康之家燕园，见到了 93 岁的刘学骞和他的夫人——95 岁的曹儒英。他们虽然年事已高，但精神矍铄，眼中闪烁着岁月沉淀的智慧与光芒。

　　刘学骞这个名字或许不为大多数人知晓，但他的经历却与新中国的一段重要历史紧密相连。他就是当年毛主席专列号机车的副段长，一个用青春和汗水守护"流动的中南海"的忠诚卫士。

　　1957 年，26 岁的刘学骞被分配到毛主席专列上工作。从一名普通的乘务员做起，他凭借着勤奋和才华，逐渐成长为工长，直至专运车辆段副段长。在这 19 年的时间里，他伴随毛主席走遍了祖国的大江南北，见证了无数历史性的时刻。

　　2009 年，刘学骞撰写了一篇题为《在新中国第一专列上》

刘学骞（左）与夫人曹儒英（右）

的文章，详细记载了那段永生难忘的经历。其中，1964 年 3 月 28 日那一天，更是让他铭记于心。那天，毛主席专列停靠在一个车站，刘学骞照例进行停车检修。没想到，毛主席竟在身后细心地观看了他的检修过程，并对他一丝不苟的工作态度给予了高度评价和鼓励。那一刻，刘学骞的心被深深地感动了。他深知，这不仅是对他个人工作的肯定，更是对整个专列团队付出的认可。从此，他和同事们更加坚定了信念，决心用最好的服务和细心的工作，保护好这个承载着国家领导人安危的"流动的中南海"。

几十年过去了，当曹儒英回忆起当年刘学骞每次执行任务，家人全然不知的情况时，脸上依然洋溢着一种自豪。她说："那时候，他每次出去执行任务，我们都是心情紧张的。但每次他平安归来，我们都会为他感到骄傲。因为他是在为党和国家工作，这是我们的荣幸。"

岁月无声流逝，但历史永远不会忘记那些为国家和人民默默奉献的人。刘学骞和他的同事们，用青春和汗水，书写了一段段终身难以忘怀的篇章。如今，他们虽然已步入晚年，但那份对党和国家的忠诚与热爱，却永远镌刻在他们的心中。

在泰康之家燕园，刘学骞和曹儒英享受着宁静而幸福的晚年生活。他们相互扶持、相濡以沫、笑口常开，继续携手共度未来的日子。

刘学骞和曹儒英用自己的亲身经历，告诉我们：无论时代如何变迁，对党和国家的忠诚与热爱，对工作的认真负责，永远值得我们敬佩和颂扬。

善终三问

每个老年人都会面临生命的终结，而如何优雅、平静地走向生命终点，即"善终"，是一个深刻而复杂的议题。2024 年 12 月 12 日上午，资深新闻人、心理与教育领域的工作者、燕园安宁病房志愿者陆晓娅，以她丰富的阅历和深邃的思考，在泰康之家人文大讲堂上，为听众们带来了一场关于"善终"的深刻探讨。她围绕"什么是善终？怎样做才是善终？善终的丰富内涵是什么？"这三个核心问题，引领大家共同思考生命的意义、直面死亡的现实，以及老年生命的价值。

陆晓娅首先阐述了"善终"的定义。她认为，善终不仅仅意味着身体上没有痛苦地离世，更重要的是心灵上的安宁与满足。它涵盖了个人在生命末期能够保持尊严、自主选择生活方式、得到家人和社会的关爱与支持，以及回顾一生时能感受到充实与无悔。"善终"，是对生命全过

陆晓娅

程的尊重，是对个体价值的最终肯定。

　　怎样做才是"善终"？陆晓娅强调，面对死亡，最重要的是提前做好心理准备和物质安排，这不仅能减轻家人的负担，也是对自己生命负责的表现。

　　良好的人际关系是善终的重要支撑。即使在老年，也应积极参与社会活动，与家人、朋友保持紧密联系，分享生活的点滴，共同面对人生的挑战。

生命的最后阶段通过阅读、学习新技能、参与志愿服务等方式，不断挖掘生命的意义，让生活充满色彩。

面对疾病和衰老，寻求专业的医疗护理、心理咨询和家庭帮助，实现更有尊严的善终。

陆晓娅说，"善终"的内涵远远超出了肉体的消亡，它关乎精神的升华、文化的传承和情怀的延续。

女儿们送她到燕园

　　在燕园大家庭中，有这样一位老人，她以坚韧不拔的意志和无私奉献的精神，书写了一段令人动容的人生篇章。她，就是罗彩兰，今年虽已 87 岁高龄了，却依然精神矍铄、快人快语、乐观豁达、优雅美丽。罗彩兰的一生，是奋斗与奉献的交响曲。面对生活的重重困难，她从未退缩，总是以乐观的心态去面对。

　　丈夫的离世，对于许多妻子来说，不啻是沉重的打击，有可能长时间陷于悲苦之中不能自拔。但罗彩兰却以坚韧的意志，强抑着痛苦，独自撑起了家庭的一片天。她不仅将四个女儿培养成材，更在女儿们成家后，继续发挥余热，帮助女儿们抚养后代，渡过了一个又一个难关。正是这样的母爱和祖爱，抚育出了优秀的第三代人，让家族的未来充满了希望。

　　如今，岁月不饶人，罗彩兰也步入了老年。女儿们深

罗彩兰

知母亲一生艰难与付出，对母亲的养老问题格外上心。她们希望母亲能够安享幸福晚年，不再为生活琐事操劳。一次偶然的机会，罗彩兰和小女儿在探望老朋友时，邂逅了泰康之家燕园——一个专为老年人打造的高品质养老社区。小女儿被这里优美的环境、完善的设施以及贴心的服务所吸引，当即决定劝说母亲来此养老。这一提议迅速得到了其他三个姐姐的积极响应和支持。她们一致同意并出资支持母亲入住燕园，希望母亲能在这里享受更加舒适、方便的养老生活。

面对女儿们的孝心，罗彩兰起初还有些犹豫，她心疼孩子们为自己花费太多，会影响她们自己的生活。但女儿们的话如春风化雨般温暖了她的心："您辛辛苦苦了一辈子，本该好好享受一下老年生活了。哪怕只是住一年，您这辈子也都值了！"最终，罗彩兰被女儿们的孝心打动，决定入住泰康之家燕园。入住那天，几个女儿女婿都一同来到燕园，为母亲送上最真挚的祝福。

罗彩兰看着围绕在自己身边的孩子们，心中充满了欣慰和满足。她觉得自己这一辈子没有白操劳，因为她的爱得到了最好的回报。在泰康之家燕园，罗彩兰开始了她晚年的幸福日子。这里不仅有优美的居住环境、丰富的娱乐活动，还有专业的医疗团队和贴心的护理服务。她可以和其他老人一起聊天、散步，游泳健身，享受着无忧无虑的晚年生活。平日里，罗彩兰脸上总是挂着幸福的微笑。

养老就是养心

　　2025 年新年伊始，资深媒体人马博辉在一次分享活动中，用浑厚而深沉的声音，讲述了一段动人的故事，不仅带给人一种莫名的感动与震撼，还为我们诠释了养老的全新理念——"养老就是养心"。1956 年出生的马博辉，2023 年选择来到泰康之家燕园，目的是亲自体验一下养老社区生活。后来，这里不仅成了他生活的主要栖息地，更是他梦想启航的新起点。

　　马博辉自幼爱好写作歌词，心中怀着写出一首动人歌曲的梦想。入住燕园不久，他受邀为燕园三期开业创作歌词。短短 39 字的《燕飞翔》，以优美和深情的意境，赢得了广泛赞誉和高度评价。歌词中，"歌声起，燕飞翔，四季花厅琴声扬"，描绘出一幅宁静而美好的画面，而"共筑梦，再启航，生命树下享安康"，则寄托了他对晚年生活的美好愿景。这首歌词迅速被谱曲并搬上舞台，这

马博辉

让马博辉激动万分，他感慨地说："燕园是一个可以让你圆梦的地方。"

马博辉的故事，不仅仅是个人梦想的实现，更有对养老观念的深刻思考。作为一位具有敏锐新闻嗅觉的媒体人，早在十年前他就开始关注养老问题，并考察了日本、西班牙、德国等国家的养老模式。通过对比和反思，他深感目前传统的养老观念急需更新。特别是在他亲自体验了燕园的生活后,这种感受更加深切。

在燕园,马博辉不仅享受到了高品质的居住环境和服务,更在这里找到了归属感和价值感。他参与了燕园人文讲堂的创办,与志同道合的朋友们一起分享知识、交流心得,不断充实自己的精神世界,保持大脑的活跃和思维的敏锐。

马博辉认为,养老不仅是物质上的满足和照顾,更重要的是心灵上的滋养和愉悦。所谓养心,就是要保持心态平衡,这样才能五脏淳厚,气血匀和,阴平阳秘,也就能更健康更长寿。马博辉认为,老年人需要交流、需要学习、需要丰富的文化生活。否则,随着老年人身体机能逐步衰退,焦虑心态和负面情绪不可避免。马博辉说,燕园不仅为老年人提供了一个舒适、安全的居住环境,更通过丰富多彩的文化活动和社交平台,让老年人的心灵得到了滋养和愉悦。在这里,老年人可以追求自己的梦想、挖掘自身潜能,实现自己的价值、享受生活的美好。燕园百岁以上居民有 9 位,90 岁以上居民有 500 多位,其中不少居民都是在燕园居住将近 10 年了。

　　马博辉用这组数据说明，燕园养老社区与其他养老社区最大区别就是它的文化养老实践，充分体现了"养老"就是"养心"这一理念，许多实例验证了"养心"是最佳的健康和长寿之道。

将不可能变为可能

马克刚，一位 1944 年出生的理科男，他的前半生似乎与"技术""电机"等词汇紧密相连。1962 年，在国家最困难的时期，他凭借出色的成绩考入北京工业大学电机系，5 年的寒窗苦读，为他奠定了坚实的专业基础。然而，毕业后参加工作，便遭遇一盆冷水。"我们这里不需要技术，只要劳动力"，这声音深深地刺激了他，只觉得一身本事无处施展。

但马克刚从未放弃，他深知知识是改变命运的钥匙。在艰苦的环境中，他坚持刻苦学习，学习新知识，掌握新技术。国家改革开放后，已经 43 岁的他，凭借着多年不懈的积累和学习，成功应聘到一家外企。在这里，他如鱼得水，不仅得到了前往国外学习、培训的机会，还在回国后逐渐走上了管理岗位，将自己所学的知识奉献给了国家和社会。

马克刚

　　直到 2018 年 10 月，74 岁的马克刚才从工作岗位上彻底退休。远在海外的儿子希望父母能与自己一起生活，以便更好地照顾。然而，马克刚夫妻去儿子那里住了一段时间，还是选择了回国。理由是："那里生活太单调！"2019 年，马克刚夫妻便入住了泰康之家燕园。在这里，他仿佛找到了人生的第二春，开始了自己的文艺转身。

入住燕园前，马克刚对钢琴、手机摄影、制作小视频等知之甚少，且没有更多时间去钻研。来到燕园后，他从繁杂的事务中解脱出来，有了大把时间，他凭借着自己几十年积累的学习方法，如饥似渴地学习各种新知识。从不识五线谱到能熟练地进行钢琴伴奏，从简单拍照到能够捕捉光影和人物的瞬间之美，从对短视频制作知之甚少，到能够创作出几百个优质的美篇，马克刚的身体里似乎蕴藏着一个挖不尽、取不竭的宝库。

他变得更加开朗、幸福感增强。他积极参加各种文化讲座，与志同道合的朋友们交流心得，分享快乐。他的生活变得丰富多彩，充满了乐趣和活力。

如今，已经 81 岁的马克刚依然保持着对学习的热爱和对生活的热情。他的生活因学习而变得更加精彩，他的人生因探索而变得更加丰富。在燕园这个文化养老社区里，他将继续书写着自己的传奇故事，"将不可能变为可能"，他不断追求知识、享受生活。

乐观与坚韧

　　当作者踏入泰康之家燕园居民马仲良的居所，首先目睹了这位年近八旬却依旧充满活力的学者风采，他家书架上排满了各种书籍。马仲良曾是中国科学社会主义学会常务理事，北京社会科学院原副院长、研究员，他以往的学术研究，与马克思主义理论研究紧密相连，而且成就斐然。马仲良凭借深厚的学养和不懈的努力，在马克思主义理论研究领域取得了令人瞩目的成就，荣获中央部委级优秀成果奖 3 项，北京哲学社会科学优秀成果一等奖 3 项、二等奖 5 项。他的著作如《〈资本论〉中的历史唯物主义若干问题研究》《世界现代化进程中的中国社会主义》《中国特色社会主义历史方位》等，不仅为学术界提供了宝贵的思想资源，也为人们深入认识我国发展道路的历史必然性提供了新的逻辑分析。

　　然而，在马仲良的学术成就背后，更有外人不知的、

马仲良

他对生命不息、奋斗不止的执着追求。他通过"太极气功"调动身心自然防御能力，通过灵性修炼，得以穿越苦难继而战胜苦难。他的身体曾饱受多种疾病困扰，特别是 2018 年被确诊为甲状腺恶性肿瘤后，面对病魔，他选择了非西医传统的治疗道路，拒绝了手术的建议，转而通过中医调理与"太极气功"的练习，实现了身心的和谐统一与自我疗愈。2022 年，当马仲良再次接受体检时，他听到一个令人振奋的结果：甲状腺恶性肿瘤竟然全部消失了！而且，身体其他疾病症状也都相应减轻许多。

马仲良相信：人类能够通过大力增强身体的自然防御力来对抗各种疾病。他用自己的亲身经历告诉我们，健康不仅仅是身体的无病无痛，更是心灵的宁静与阴阳和谐，是面对困境时的坚韧与乐观。如今，在泰康之家燕园，马仲良志愿在一个居民群传授他的养生知识与经验，他希望与每一个想知道怎样才能更积极地促进自身健康的人，分享他的经验和知识。他说：每个人都不知道自己能活多久，也并非百病不侵，但是，每个人都可以选择最适合自己的方式健身养心，积极去面对人生，享受健康长寿的生活。

踏入燕园感受奇妙

在教育这片沃土上，毛盛贤教授以 92 岁高龄，依然书写着人生。1957 年 19 岁的毛盛贤踏入北京师范大学生物物理专业的课堂，从此便与学术和教育结下了不解之缘。毕业后，又经历了 30 年的北师大教学生涯，他如春风化雨，滋养了一代又一代学子的心田。

1990 年，他调到首都师范大学，继续深耕遗传学领域，其严谨治学与谦和为人，成为师者楷模。他撰写的《遗传学》与《数量遗传学》两部教材，不仅是知识的载体，更是他教育情怀的见证。一批批本科生与研究生，在他的引领下，走进了遗传学的奇妙世界。

而今，在泰康之家燕园，毛盛贤开启了人生的新篇章。入住一周年之际，他登上科技大讲堂，以"基因概念的由来，发展和应用"为题，为居民们带来了一场知识的盛宴。这份对学术的热爱与执着，令人动容。

毛盛贤

　　谈及入住燕园，毛盛贤满怀感激之情，尤其是对他的儿子。在他夫人离世后，是儿子的建议让他有了新的归宿。燕园的自由与舒适，让他的晚年生活更加丰富多彩。散步、读书、关注遗传学前沿，他的生活依旧充满活力。

　　更令人欣喜的是，燕园的环境似乎还缓解了他多年的冬日头晕之症，这无疑是岁月对他最好的馈赠。多年来，毛盛贤每逢冬季都会出现数次头晕摔倒的问题，医生既查不出什么毛病，更无药可治。没想到，奇迹就在燕园发生了！他来到燕园第一个冬季，没吃任何药，没做任何治疗，头晕的毛病竟然没怎么犯，偶尔一次也非常轻微！毛盛贤这位遗传学家百思后得其解：环境，环境！燕园冬季室内清风通畅，且保持恒温，这是关键啊！

蒙曼进燕园

　　新年伊始，泰康之家燕园迎来了一位备受尊敬的学者与历史文化传播者——蒙曼教授。她带着对古诗词的深厚情感与独到见解，为这里的长者们献上了一场别开生面的演讲，似乎让燕园的每一片草地和林木都充满了诗书的芬芳。

　　蒙曼，这位在教育界与文化界、传媒界享有盛誉的教授，一直以来都是中国传统文化的忠实传播者。她以渊博的学识、响亮的嗓音、亲和的态度，赢得了无数粉丝的喜爱。此次演讲，蒙曼更是满怀激情，将自己在2024年的壮丽行程与古诗词的韵味相结合，为长者们带来了一场视听盛宴。

　　在刚刚过去的这一年里，蒙曼率领团队沿着219国道，从广西的秀美山水地貌到云南的奇美彩云峡谷，再到西藏的壮美雪域高原和新疆的大美天山西域风情，行程长

蒙曼

达一万多公里。这一路上，她和她的团队成员不仅领略了
祖国的壮丽河山，更深刻感受到了中华大地的历史和文化
底蕴。蒙曼演讲中的最大特点，是对照相应的古诗词，诠
释那些亲身所见所闻的边疆大美景观，以及那些载入史册
的历史掌故，使她引用的古诗词不再是书本上有棱有角的
生硬文字，而是活生生的画面与有温度和深度的情感。她

用诗词传递着韵味美，传递着中华民族文学隽永的表现力，以及展现了祖国边疆的自然和人文之美。在座的长者们跟随她的生动描绘，跟随她的导游，仿佛亲身体验到祖国边疆的那些江河峡谷的险峻、高原雪峰的壮阔、沙漠绿洲的奇幻以及民族英雄捍卫领土主权的热血情怀。至此，蒙曼一个多小时的演讲，得到了老年听众们感情上的共鸣，获得了热烈掌声。

的确，蒙曼的演讲风格独特而迷人。她自信从容，那份独特的松弛感与语言感染力让在场的每一位长者眼前都为之一亮。演讲结束后，许多长者都意犹未尽，纷纷表示讲得太棒了，还没听过瘾呢！希望能再次能听到她的演讲！

在燕园的这片土地上，蒙曼的演讲如同一股清泉，滋润着长者们的心田，让他们在晚年依然能够坐享高水平文化盛宴，体验到古诗词韵味带来的甜美，感受到心灵的震荡与提升。

非凡阅历，卓越才华

中秋节这天，作者有幸与一位德高望重、才华横溢的老前辈结识，他就是《人民日报》文艺部原副主任、高级编辑缪俊杰，不久作者与他进行了一次轻松而温馨的访谈。缪老以其丰富的人生阅历、深厚的文学造诣，以及不懈的艺术追求，勾勒出一幅幅生动鲜活的文化画卷，给作者留下深刻印象。

缪俊杰 1936 年出生于江西一个钟灵毓秀之地，自幼便与文学结下了不解之缘。他先后求学于武汉大学中文系和中国人民大学首届文研班，在文研班他不仅多次聆听过吴玉章、周扬、何其芳等教育家和文化界领军人物的教诲，更在学术和专业上，得到众多著名教授专家们的"传道、授业、解惑"，如朱光潜、季羡林、萧涤非、王季思、李健吾、戈宝权等顶尖级人物的授课，他们讲中国古典文学、外国文学以及美学理论。这段学术经历不仅为他

缪俊杰（左）与夫人宗连坚（右）

打下了坚实的文学基础，更提升了他敏锐的文学和文化洞察力。自 1963 年起，缪俊杰供职于人民日报社，尤其是1978 年担任文艺部副主任以来，更是以其卓越的能力和深邃的文艺见解，引领了文学创作时代风向。他获得了新闻界首批高级编辑的称号，是无数文艺工作者心中的指导老师。

缪俊杰的文学创作颇丰，自青年时代起，他先后出版了 10 多部著作，涵盖了评论、散文、小说等多个领域。他不仅是卓越的评论家，为百位作家撰写评论文章，还为 50 位作家的作品写了序言。

退休后，他并未停下前行的脚步。1996 年，他虽已步入人生的另一个阶段，但创作的热情却丝毫未减。他转而投身长篇小说的创作，以更加宏大的叙事结构和深刻的思想内涵，为读者带来了《烟雨东江》这部力作，之后又出版了 10 卷本的《缪俊杰文集》。他的文字，如同江河般波澜壮阔，激荡着每一个读者的心田。

如今，缪俊杰与其夫人、高级工程师宗连坚一同入住泰康之家燕园，享受着宁静而舒适的晚年生活。但这份安逸并未消磨他的精神追求，他依然思想活跃，积极参与各类文体活动，与志同道合的文友们共同探讨文学作品的魅力与价值。在燕园的每一个清晨与黄昏，都能看到他与夫人的身影，他们用积极的生活理念，安享着自己的幸福晚年。

心底有灿烂，世界就美好

一个偶然的机会，在泰康之家燕园，作者结识了国家烟草专卖局原局长倪益瑾。他今年85岁了，但看上去他比实际年龄要年轻得多。自参加工作以来，便以踏实肯干、勤勉尽责著称。在长达几十年的职业生涯中，工作岗位十余次变动，职务不断提升，他始终保持着对工作的热情和对责任的担当。用倪益瑾自己的话说："自己被偶然推上社会公共管理的岗位，这不仅是份职业，更是神圣使命。是责任，更是奉献。"因此不管职务如何变动，他始终在岗位上坚持不懈地努力，做出了积极有效的奉献。

然而，倪益瑾最为人称道的，并非他在职场上的丰硕成就，而是他那一身清廉之气。在国家烟草专卖局领导岗位的那些年，倪益瑾面对各种诱惑和压力，始终坚守原则，拒绝一切"走后门，批条子"的请求。无论是老同事还是至亲好友，都无法动摇他心中的那份坚定。他

倪益瑾

说："组织给自己的职位是让自己尽义务的，不是以权谋私的！"他的这种自律和自省精神，让他在领导岗位上始终保持着高度的警觉和清醒，用智慧和理性指引前行。

退休后的倪益瑾重拾了自己的业余爱好——摄影。他身背相机，用十年时间，走遍了祖国的大江南北，用镜头记录下了大自然的美丽风光和人文景观。经过无数次的拍

摄和筛选，他最终精选出了 138 幅作品，编辑成《祖国
万岁》摄影作品集并由中国摄影出版社出版。该书一幅幅
照片，不仅是倪益瑾个人才华的体现，更是他献给祖国母
亲的厚礼，也是他内心对祖国大地的深情倾诉。如今，倪
益瑾在泰康之家燕园安享晚年生活，他对自己过往的评价
是：无愧我心！他每天读书聊天，摄影交友，愉悦自己，
快乐他人。他在给自己的一封信中称："生命无限好，何
惧近黄昏？心底有灿烂，世界就美好，我将一如既往！"

一处有房，全国有家

生活中拥有一个清晰的目标或规划，就像心中有一盏明灯，指引你走向正确的方向。欧阳亚平与他的妻子，早在 2000 年就以一种独特的、具有前瞻性的眼光，为自己铺设了一条与众不同的养老之路。

那年，欧阳亚平 48 岁，妻子 46 岁，一个独生女儿大学毕业后去了澳门深造，此时，他们清醒地意识到，未来的养老生活只能靠自己了。欧阳亚平与妻子都是开明且独立的人，他们既不想给女儿添麻烦，也不愿意在家中请保姆，他们渴望的是一种自由、舒适且具有品质的享老生活。在一次偶然的机会中，欧阳亚平发现了泰康之家，那里的养老理念和服务设施正合欧阳亚平之意，满足他们"一处有房，全国有家"的梦想。欧阳亚平从事金融行业多年，对于投资与理财可以说有独到的见解。他深知，将房产变现并投资泰康幸福有约保险，不仅能够为他们未来

欧阳亚平

的养老生活提供稳定的保障，还能够享受保险带来的各种福利。于是，他果断地将自己外地房产卖掉，又将父母留下的房产处理掉，用这些资金给自己和妻子各买了一份泰康幸福有约保险。

2022年，欧阳亚平最终锁定了泰康之家燕园作为他们的养老之地。为了坚定自己"改变自己，进入新境界"

的信念，他又将自己北京的"老窝"挂牌上市。此间，夫妻俩轻装上阵，周游"列国"，尽享自由幸福的快乐生活。终于，在2023年3月，欧阳亚平将房产过户手续全部办妥后的第二天，他就迫不及待地入住了泰康之家燕园，从此，他正式开启了"一处有房，全国有家"的享老生活。他带着燕园的居民卡，去泰康之家的其他社区如沈园、鹭园、桂园等体验入住，享受着全国有家的快乐。欧阳亚平觉得"自己又做了一件自己一直没有做过的事情"，创造了更好的自己。欧阳亚平说：生活不会辜负任何人，与其抱怨自己为什么没别人过得好，不如去改变自己，勇敢闯出自己的路。

一百零一，福寿安康

在新春佳节的美好时刻，我们怀着崇敬与温暖的心情，来到了燕园居民、101 岁高龄的潘云秀老妈妈家中，向她老人家致以最诚挚的新年祝福，愿她岁岁年年皆安康。

潘妈妈看见我们，脸上洋溢着孩子般的笑容，她喜欢热闹，喜欢人多，喜欢各种娱乐活动。其中打麻将，是她晚年生活中的一抹亮色。我们与老人一同享受这份简单却充满乐趣的时光。麻将桌上的每一次碰撞，都仿佛是在诉说着岁月的流转，而潘妈妈的每一次"和牌"后的笑声，都如同冬日里的暖阳，温暖着每一个人的心房。

午餐时间，大家围坐在一起，品尝着美食，更品味着这份难得的团聚与温馨。潘妈妈的精神状态极佳，言谈间不乏幽默与风趣，她的笑容如同春天的花朵，绽放得如此灿烂。

潘云秀

　　谈及在燕园的生活，潘妈妈感慨万分。她已经在这里度过了整整 9 个年头，作为这里的第一批居民，她对这里的每一处都充满了深厚的感情。潘妈妈自豪地告诉我们，自己想吃什么就吃什么。"每天啥都不想，儿孙不是我去想他们，而是他们应该想我！我想他们没用，他们想我就会来看我。"

在潘妈妈身上，我们看到了"恬淡虚无，精神内守"的真谛。她以一种超然物外的心态，享受着生活的每一个瞬间，用一颗豁达的心，书写着属于自己的传奇人生。

纵观潘妈妈的一生，如一朵傲雪寒梅，历经风霜雨雪，绽放出独特的芬芳。潘妈妈生于 1924 年 4 月，那是一个风云变幻的年代。18 岁时她怀揣着对理想的执着与追求，毅然决然地参加了革命。20 岁时，她光荣地加入了中国共产党，从此，她的一生便与党的事业紧密相连，矢志不渝。

离休后的潘妈妈，来到泰康之家燕园，继续以她的乐观豁达和无私奉献精神，感染着周围的人。她积极参与各项活动，什么门球队，合唱队，手工编织，只要她能参加的项目，几乎一项不落。她常说："不想那么多！"这四个字，是她的长寿秘诀，也是她的人生智慧。在这个复杂多变的世界里，她始终保持着一颗平静的心，不被世俗的纷扰所羁绊，不为名利所压累。来燕园 9 年的时间里，潘妈妈如今依然保持着超人的精气神儿，头脑灵活，思维敏捷，口齿清楚，还能每天发微信，看手机。她严格遵守作息时间，每天在家练习画画涂色。饮食方面，五谷杂粮，鸡鸭鱼肉什么都吃，从不挑食。每天上下午必须到院子里逛逛，跟邻居们说说话，看看演出什么的。潘妈妈似乎忘记了自己的年龄，快快乐乐过好每一天。

朋友们希望在长寿时代，能像潘妈妈一样，用乐观豁达的心态面对生活，用无私奉献的精神回报社会。

自强不息，童心未泯

　　在人生的舞台上，有这样一位永远保持着童心与活力的老人，她就是庞燕华。1932年她出生于北京，所以名字中带"燕"字，全名庞燕华，她自小便展现出了对唱歌跳舞的热爱，那份纯真与热情，仿佛是与生俱来的天赋。庞燕华个性鲜明，行事果断，想做的事情总能排除万难去实现，她的乐观和胆略，为她的生活增添了一抹独特的色彩。

　　18岁那年，庞燕华成为了一名文艺兵。两年后，怀揣着对戏剧的无限向往，她凭借优异的成绩，考入了上海戏剧学院，成为第一届戏剧表演专业学生，4年的学习，为她日后的演艺事业奠定了坚实的基础。毕业后，庞燕华独自一人闯荡北京，踏入了人生的重要阶段。她凭借着对艺术的执着与热爱以及自己的优异天赋，成功面试进入了北京儿童艺术剧院。在那里，她找到了属于自己的舞台，

庞燕华

常常在话剧中扮演小男孩的角色，她的表演生动自然，深受观众喜爱。那时每年规定演出 360 场戏，58 年到各大城市演出，曾从早到晚不卸妆连续演出。对庞燕华来说，是挑战也是乐趣。她从不叫苦叫累，在舞台上，她总是那个永远长不大的孩子，她生动有趣的表演，唤醒了人们内心深处对纯真的向往。

这样的日子，一直持续到她 55 岁退休。退休后的庞燕华，并没有停下脚步，她依然活跃在各种教学场合，她用自己的知识和经验，培养了一批又一批的青年才俊。她的身影，总是那么充满活力，仿佛岁月在她身上，只是轻轻地拂过，没有留下任何痕迹。

老伴儿去世后，庞燕华 2017 年来到了泰康燕园，这里成了她的新家。虽然随着年龄增长，身体也出现了不少毛病，但她依然坚持独立生活，自己的事情自己处理，尽量不给他人添麻烦。如今，92 岁高龄的庞燕华，依然身轻如燕，打扮精致，笑口常开。她不是没有烦恼，但她总能以一种豁达的心态去面对生活中的一切。她淡然地面对一切不完美，不强求不执着，凡事尽人事，自在随缘。在她的世界里，快乐是永恒的主题，而那份纯真与活力，则是她最宝贵的财富。虽然年华逐渐逝去，但心中的梦想和希望依旧闪亮璀璨。

儿子，妈妈谢谢你

　　彭秋瑛，一位见证了时代变迁、经历丰富的女性，2024 年 11 月迎来了她的 70 岁生日。然而，与大多数同龄人不同的是，她已经在泰康之家燕园这个温馨、充满活力的养老社区里居住了整整 7 年。谈及为何选择在 63 岁这一相对年轻的年龄就踏入燕园，彭秋瑛总是笑着回答："这还真的要感谢我儿子呢。"

　　彭秋瑛的人生经历颇为传奇。她曾是一名纺织女工，通过自己的不懈努力，于 1977 年从北京第二外国语大学西班牙语专业毕业，并被分配到煤炭部从事文献管理和翻译工作。从此，她的职业生涯与中国煤炭对外贸易紧密相连。从 1983 年开始，她长期在西班牙、委内瑞拉、哥伦比亚等国家与中国关于煤炭贸易的谈判中担任中方翻译，亲身经历了中国改革开放以来在世界贸易中的崛起与变化。她不仅为国家争得宝贵的利益作出了贡献，更在国际

彭秋瑛

舞台上展现了中国女性的智慧与风采。

2009 年，彭秋瑛退休，开始了她期待已久的闲散生活。然而，这份闲散并没有持续太久。2016 年，彭秋瑛的儿子在北京大学学生群，参与了养老话题热烈讨论。其中，泰康之家燕园作为一个高品质的养老社区，引起了儿子极大的兴趣。他专门带着父母到燕园进行了实地考察，并动员他们说："你们居家养老生活不规律，不如住到燕园，这里文化氛围浓厚，环境设施优越，你们趁着自己还不太老，到那里享受晚年吧！"

儿子这一远离传统思维模式，超前思想，触发了彭秋瑛夫妇的想象力和创造力，帮助他们发现新的可能性和机遇。他们敏锐捕捉到老年时代的变革到来，看到了别人看不到的机会和解决问题的新视角。彭秋瑛和丈夫毫不犹豫地赞成儿子的建议，决定入住燕园。这一决定，不仅为他们带来了全新的生活方式，更让他们的晚年生活焕发出了新的光彩。7年来，夫妇俩积极参与燕园组织的各项活动，从文化讲座到健身锻炼，从手工制作到艺术欣赏，他们几乎参加了燕园所有的活动。这些丰富多彩的活动不仅让他们的身体越来越好，更让他们的精神生活得到了极大的充实。

彭秋瑛自豪地说："这7年来，我几乎没有吃过药，身体状态一直保持得比较好。而我丈夫的'三高'问题，也在燕园的健康管理和饮食调理下不治自愈了。"这些变化，让彭秋瑛和丈夫更加坚信，他们当初选择入住燕园的决定是正确的。

追梦铸辉煌

　　齐小慧和周炳元夫妇都是已经九旬的老人了，在泰康之家燕园已经生活了 8 年之久，并在这里度过了他们的钻石婚纪念日，享受着幸福的晚年生活。

　　每当他们回首往事的时候，脸上总会浮现出自豪与骄傲！齐小慧的父母都是老一辈无产阶级革命家，她的父亲齐燕铭是杰出的知识分子，早年投身革命，新中国成立后，长期担任过周恩来总理办公室主任和文化部长等要职。抗战时期，齐小慧不到 10 岁就随母亲长途跋涉、辗转迁徙，历经艰难困苦来到延安与父亲相会，小小年纪就投身革命事业。

　　新中国成立后，齐小慧和周炳元被选派到苏联留学，二人经历了 5 年共同留学的青春岁月，点燃了爱情火花。在莫斯科大学他们更是直接聆听了毛主席讲话："世界是你们的，也是我们的，但是归根结底是你们的。你们青年

周炳元（左）与夫人齐小慧（右）

人朝气蓬勃，正在兴旺时期，好像早晨八九点钟的太阳。希望寄托在你们身上。"两人思想受到强烈震撼，感到身上的责任和担当，这种感悟激励着他们不断奋进。

回国后，二人服从组织安排，投身于中国石油事业，从新疆克拉玛依油田，到东北大庆油田，都洒下了他们辛勤的汗水，他们为中国石油业的发展作出了不可磨灭的贡献。齐小慧和周炳元的故事告诉我们，责任是心中的一盏明灯，指引我们走向正确的道路；担当则是肩负的历史使命，鼓励我们克服人生道路上的一切艰难险阻，不断奋进。在追求梦想的旅程中，责任与担当相辅相成，共同铸就人生的辉煌。

做个可爱可笑的老头

在中国现代文学研究的领域里，钱理群无疑是一位闪亮的明星。他以其深厚的学术功底、敏锐的洞察力和不懈的探索精神，为中国现代文学的研究与发展作出了卓越的贡献。钱理群 1939 年出生，他早年求学于中国人民大学和北京大学，获得了文学硕士学位，并长期在北京大学中文系任教，担任博士生导师，同时兼任清华大学中文系兼职教授。他的学术生涯不局限于象牙塔内，更广泛涉及社会各个层面，担任中国现代文学研究会副会长、中国鲁迅学会理事等重要学术职务。

钱理群的学术著作颇丰，他的研究领域广泛而深入，主要涉及中国现代文学研究、鲁迅与周作人研究以及现代知识分子精神史研究。他的代表作《中国现代文学三十年》《心灵的探寻》《与鲁迅相遇》《周作人传》等，不仅为学术界提供了宝贵的资料，更为广大读者打开了理解中

钱理群

国现代文学及其精神内涵的窗口。在鲁迅研究方面，钱理群有着独到的见解和深刻的剖析。除了学术研究，钱理群还非常关注教育问题。他多次为教育改革奔走呼号，提倡素质教育和人文教育，呼吁重视学生的全面发展和精神成长。他认为，教育不仅仅是传授知识，更重要的是培养人的灵魂和品格。他的这种教育理念和实践，对中国教育事业的发展产生了深远的影响。

2015 年钱理群以其独到的眼光，卖掉自己的房产，入住泰康之家燕园，成了来这里的第一批居民之一。从此，他开启了新的享老生活，并激发了他无限的创作灵感。他再也不用为生活琐事操心，集中精力写作，活成了自己心中理想的"安度晚年"的模样。这期间他撰写了 20 余部著作，400 多万字，目前已经出版了十几本著作。当初的理想已经变为现实。他曾说：我觉得生命的最后追求就是要做一个可爱和可笑的老头，泰康之家的最大优势是聚集了一群可爱和可笑的老头和老太太。

银龄华发不改初心

　　燕园居民强正富，是一位在卫生外事工作岗位上默默耕耘三十余载的"老兵"。

　　1979年改革开放的春风，让他从北京医学院的教学岗位转入外事岗位，成为该校国际交流的"拓荒者"，在他的直接组织、参与和领导下，学校开创了多个国内医学院校国际交流合作领域的"第一"。

　　2001年强正富调入中国疾控中心后，通过建立中美CDC主任年会制，中日韩、中欧的定期沟通交流机制和中泰越（东盟）联防机制；以及加强和世界卫生组织和其他国际机构的交流合作，建立定期的例会制和信息交换机制；开展和管理国际合作项目累计近800个，资金量达16.5亿美元，被科技部确定为"国家级国际研究合作中心"。强正富还承担起了全球基金中国国家协调委员会（CCM）秘书长和全球基金中国项目中央执行机构（China

强正富

PR）执行主任的重任，迎接了更大挑战。中国争取到全球基金 18 个项目，资金达 20 多亿美元。他带领团队，圆满完成了各项任务，得到了国际社会，包括全球基金的充分认可和赞誉。2010 年他被授予"中国全球基金项目杰出贡献奖"。

强正富具有较强的社会工作和活动能力。他分别与其他高校同仁共同发起成立"北京市高校出国留学工作研究会""全国高等医学院校外事工作研究会"和"北京高校智力引进工作研究会"，他还被聘为科技部国际合作专家委员会委员和中国科协国际会议中心顾问。

他是"全国卫生外事工作先进个人"，获得"国家引进国外智力贡献奖"，被美国疾病预防控制中心授予"杰出合作奖"等殊荣。

2017 年 8 月，强正富为了让孩子不再为自己和老伴儿的晚年生活操心，也为了不再为一天三顿饭而忙碌，更为了自己的退休生活丰富多彩，他选择住进了泰康之家燕园，成为了燕园 1 号楼第一批居民。他给自己的定位是，作为燕园居民中的"年轻人"，多参加各项活动，多为年长者服务，从中享受快乐。无论是在朗诵组、合唱队，还是科技大讲堂、读书会、校友会，等等，他都能找到属于自己的舞台。他无私奉献，不计较个人得失，毫无保留地奉献自己的时间、精力和财力。他还曾调解居民之间的纠纷，解决他们的困难。在他的"微信朋友圈"里，发布了介绍燕园和活动等的信息超 600 篇。他是燕园社区中的忙人和热心人。

沟通协商定乾坤

邵瑛，1946 年出生，她的生涯是一个不断创造新的理念和成果的过程。自北师大毕业后，她从基层一步步做起，陆续担任了河北省保定市团委书记，后来又因工作需要担任了国资委纪委副书记。退休后继续发光发热，服务国家，直到 69 岁才正式离开工作岗位。她拥有广博的知识、卓越的组织才能、良好的人际关系，对新事物总是抱有开放和接纳的态度。

然而，每个坚强女人都有一颗温柔脆弱的心，在丈夫面前，她温顺和婉，恪尽妻子之道，夫妇和睦，相敬如宾。不幸的是，丈夫在她 50 多岁时突然离世，这给她带来了巨大的精神打击。

邵瑛开始思考自己的养老问题：既不想跟孩子生活在一起，怕给孩子增加任何负担，也不想为柴米油盐居家过日子操劳，她决定寻找一个更合适自己的养老环境。在考

邵瑛

察了多家养老机构后，邵瑛对泰康之家燕园产生了浓厚的兴趣，这里的条件完全符合她对养老生活的期待。

　　然而，当邵瑛将自己的想法告诉儿子和儿媳妇时，却遭到了他们的强烈反对。"你在自己家住着那么大的房子多舒服呀！去什么养老院呀？"儿子和儿媳妇的理由似乎很充分，但她认为，燕园不仅能为她提供更好的生活环境，还能让她结识更多志同道合的朋友，让生活更加丰富多彩。双方各执一词，谈话陷入了僵局。邵瑛喜欢决断，行事干脆利落。她在与儿子协商时表示："我选择入住泰康的决心已定，你们需购买 200 万幸福有约保险，现在的住房可以给你们，把你们的房子卖掉，钱用于我在泰康燕园的费用。如果你们同意我去燕园养老，我就把我的房子交给你们住，否则我就算卖掉大房子也要入住燕园养老。"这个提议看似苛刻，实则体现了邵瑛的精明和远见。她希望儿子和儿媳妇能够为他们自己的未来提前做好规划，同时也确保了她自己在燕园的生活质量。

善待自己，打开幸福的天窗，缕缕清香就会浸透到生命的深处。邵瑛在泰康之家燕园感受到了前所未有的幸福和满足：她生病时有医生管家的关爱，嘘寒问暖点滴温馨，都体现在细微之处。她积极参与燕园理事会，组织人文大讲堂和北师大校友会的活动，感受到生命的意义在于不断学习和体验。她说："我们应该追求知识、智慧和美的境界，不断提升自己，为社会和他人作出贡献。"邵瑛也与儿子、儿媳妇之间搭建起沟通的桥梁，彼此关系更加融洽，彼此之间的爱心更加巩固。

笔尖写人生，晚年遵"三好"

史希正 1940 年出生，因为属龙，有人说他是"龙的传人"。他 19 岁那年踏进了高等学府求知，步入了北京钢铁学院大门。5 年半的寒窗苦读，他不仅收获了丰富的专业知识，更锤炼了坚韧不拔的意志。这段宝贵的经历，为他日后职业生涯奠定了坚实基础。

毕业后，他被分配到《世界金属导报》社，从此开启了与文字相伴的职业生涯。从一名普通的编辑，到报社的主编兼社长，史希正以他的才华和努力，在新闻领域留下了自己的印记。在报社的几十年里，史希正见证了我国钢铁行业的兴衰起伏，亲身参与了报业的变革与发展。他用笔尖记录着行业的每一次进步，用文字传递着时代的强音。回顾这段职业生涯，史希正总是淡然一笑，用"很顺利，没有什么大起大落"来描述。但这背后，是他对工作的热爱与执着，更是他不懈地操劳，付出汗水和智慧的体现。

史希正

　　退休后，他与夫人一起踏上了探索世界的旅程。他们游历国内外，用脚步丈量世界的宽度，用镜头捕捉生活的美好。这些旅行经历，不仅开阔了他们的视野，更为他们的晚年生活增添了无数珍贵回忆。

　　在 21 世纪的前 10 年，史希正便未雨绸缪，规划自己的养老生活。他深知，一个舒适的晚年环境，是对自己也是对家人最好的负责。于是，他不断驾车，穿梭于北京的东西南北，几乎访遍了所有养老院；出国旅行时，也不忘考察当地的养老社区。他的心中，始终怀揣着一个梦想——寻找一个能够让自己安享晚年的高端养老社区。一个人探索外界有多广，看问题就有了多方面比较，也就决定了自己晚年生活该选择什么样的养老归宿。终于，在2015年，他发现了泰康之家燕园这个在国内堪称顶尖的养老社区，2021年便决定卖掉自己的房产，将新家安顿在这里，开启他全新的老年生活。在燕园，史希正秉持着"吃好，睡好，活动好"的"三好"原则，享受着健康快乐的每一天。他身体健康，几乎不需要任何药物；他热衷于摄影和视频制作，将燕园的美好瞬间和感人故事传递给更多的人；他积极参与社区活动，与志同道合的朋友共度美好时光。在这里，史希正真正找到了属于自己的幸福晚年。

奇妙的寻找新家之旅

2023 年，是铮如女士和丈夫王绍丰生活上经历了一次大的动荡。他们卖掉了居住 20 多年的房产，决定另觅新居。卖房过程，不仅关乎着财产置换，更是人生之旅迎来一个崭新阶段。在这个转换过程中，他们更加深刻理解了生活的真谛。

年近 80 岁的是铮如和丈夫王绍丰是一对恩爱夫妻，在各自岗位上尽职尽责。他们的两个儿子都成家立业了。不过，随着岁月的流逝、年龄渐老，夫妇俩开始认真思考起自己的晚年生活。他们不想让孩子们为自己老年生活而操劳受累，琢磨着改变居家养老方式，给自己一个开启新生活的机会，他们决定入住养老社区。

可是，选择哪个养老社区好呢？北京的养老社区大大小小有百个左右，总不能一个个调查吧！2023 年 5 月的一天，他们去看望一个住在 ×× 养老社区的老朋友，觉

是铮如（右）与丈夫王绍丰（左）

得这个社区条件还可以，当即决定自己也要在这里安度晚年。奇怪的是，当夫妇俩拿出手机准备付定金时，无论怎么尝试都无法完成支付。回家后，两个儿子得知了父母的打算，坚决反对。他们说："你们真想去养老社区，也得在北京找一个条件更好的！绝不能出北京市，否则我们看望你们不方便。"就这样，过了几天，两个儿子开车带着父母来到了泰康之家燕园。没想到，当他们走进一套房间时，立刻被窗外的美景所吸引，原来他们面对的是地域广阔的白浮泉公园，远山近水，景色太迷人了！老两口非常满意，内心暗道："这是我们未来的家吗？"但同时又担心费用可能负担不起。这时，两个儿子看出了父母的心事，他们没再多说什么，立即果断地交了押金，先锁定目标再说！紧接着建议父母："把你们住的房子卖了吧，你们在这里一定能够过上幸福、舒适的晚年生活。"

是铮如和王绍丰知道，这是儿子们对他们晚年生活的最好安排。儿子们是想让他们用卖房得到的钱，去实现梦想，换个更舒适的环境生活。于是，夫妇俩委托儿子们办理具体卖房这件事。没想到，当天晚上，儿子们就给老妈打电话，请她去房屋中介那里签字。老两口虽然有点儿突然，却也没有纠结卖的价钱是否合适，坚信自己的选择。就这样，居住多年的一套房子被卖掉了！

5月30日，是铮如和王绍丰夫妇正式入住燕园。每天日出和日落，是他们欣赏大自然美景的时刻：晨光曦微，太阳慢慢升起，照亮了大地，也温暖了他们的心；夕阳时分，窗外湖光山色，西天云霞似锦，他们仿佛置身于童话世界。展望未来，老两口心中充满阳光，脚下的路也因此稳妥明亮。儿子们说："爸妈，给你们晚年安排好了，我们也就踏实了！"

远见卓识，人生赢家

今年 62 岁的宋建云，7 年前，先是把岳父从湖北接到北京，入住泰康之家燕园，紧接着第二年他又跟夫人一起也入住了泰康之家燕园，那年，他 56 岁，夫人也刚够入住燕园资格。这不免让人有点奇怪：年纪轻轻的怎么就入住养老社区了？不得不说，宋建云有着不凡的才智和前瞻性的认知，在人生的道路上书写了独特的篇章。他研究生学历，参军入伍，从事计算机工作。这段经历不仅锻炼了他的意志，也培养了他对技术的敏锐洞察力和学习能力。

投身军旅 20 多年之后，作为拥有大校军衔的宋建云又独辟蹊径，毅然选择自主择业，甚至他认为股市才是一种完全"自主"的行业，没有领导来干扰自己的判断，也不需要尊重其他人的意见，输赢全赖自己的决策。他进股市如鱼得水，收获颇多。他不甘寂寞，也不喜欢重复一件

宋建云

事情，他希望每天都有新的感受，都能与昨天不同。宋建云认真考察了泰康之家燕园，他认为这里是稀缺资源，能够提供一种特别的"退休生活方式"，如果自己在这里生活，除了享受养老生活服务，还可以很大程度上发挥自己的社会价值。他看到燕园大部分长者，都要比自己大出很多，他说："我算年轻的老人，我应该可以帮助这里的长者，给他们的生活带来新的价值。"因此，在燕园，几乎所有活动中都有他的身影。他积极参与燕园科技讲堂、人文讲堂的服务工作，还投身读书分享，举办理财讲座，将自己的知识和经验分享给更多的人。当他看到很多长者每次积极参与这些活动时，都会非常开心。

宋建云深有感触说："泰康燕园氛围好，居民们的心态积极向上，文化养老，精神养老都是其他养老机构做不到的。"他在泰康之家燕园 6 年来，不仅丰富了自己的生活，也为身边的人带来了智慧和启示。他感到了新的快乐，新的存在感，因为他知道自己在为社会作贡献，也在实现自己的人生价值。

宋建云用自己的行动诠释了"人无论到哪里，都要对社会有价值"的深刻内涵，实现着自己智慧人生，价值前行的理念。

让智慧理性伴随晚年

　　有气质的女子总是爱读书，她们以书为伴，以知识为底蕴，自然而然形成了一种独特的魅力。在泰康之家燕园就有这样一位令人钦佩的居民——陶和荫，她今年 91 岁了，虽然已届高龄，但头脑清楚，思维敏捷，谈吐不俗。

　　新中国成立后，她积极响应时代号召，加入解放军的行列，当时她只有中学文化程度，却担任了部队的文化教员，用青春和热血书写着对国家的忠诚与热爱。退役后，陶和荫并未停下追寻梦想的脚步，而是选择了一条充满挑战的道路——考入南京大学化学系深造。她努力学习专业知识，时刻关注着化学工业对环境的影响。她多次向校领导提出建议：学校应该建立环保系，最终该建议在她退休后一年得以实现。

　　除了对科技专业的执着追求，陶和荫还对历史知识情有独钟。她曾沉迷于《东周列国志》《中国历朝通史演义》

陶和荫

《红楼梦》等名著，特别是对近代曾国藩治军治国治学治家这样一位重要历史人物有浓厚兴趣，觉得应该正确评价其历史功绩和过失。

她的读书爱好一直延续到退休以后。如今，在泰康燕园这个温馨的大家庭中，陶和荫再次找到了属于自己的精神乐园。每次的读书分享活动，她总是积极参与。在读书分享课堂上，听了作者介绍历史小说《大清公使曾纪泽》之后，她花费了一个月时间，对小说进行了认真阅读，并与作者进行了深入探讨与交流，还向作者建议希望续写曾纪泽的故事。她认为，让国人都了解中国近代受外国列强凌辱和欺负的那段历史，太重要了，我们绝不能忘记国耻，只有这样才能激励我们奋发图强，早日实现伟大复兴。陶和荫表示：人要活到老，学到老，让智慧和理性伴随我们的晚年，生命也会因不断学习而精彩。

精彩和充实

　　燕园有这样一位老人，她以 95 岁的高龄，无声地诠释着"活到老，学到老"这句话的深刻含义。她，就是田钟离老人，一位用平凡书写不凡人生的智者。2015 年，田钟离作为泰康之家燕园的首批入住者，如今已在这里度过了 9 个春秋。岁月悠悠，她的人生，虽没有惊天动地的壮举，却缓缓如细水长流，滋养着周围人的心田。

　　早些年，她身着戎装以巾帼不让须眉之姿，为国家奉献青春；而后，她转身讲台，以知识为种子，播撒在无数孩子们的心田，成为他们心中永远的"田老师"。即便是在泰康燕园这片养老的乐土上，她也未曾停下传播文化的脚步，继续担任义务教员，用她那富有磁性的声音，为居民们讲述唐诗宋词的韵味，让古典文学的魅力在燕园里闪光。

　　在燕园，田钟离的兴趣不仅仅停留在唐诗宋词，她还

田钟离

重拾了年轻时热爱的绘画与书法，决心在这里实现自己多年的梦想。燕园为爱好者们搭建了平台，邀请专业的绘画和书法老师，一对一指导，她在画布上挥洒自如，绘出心中的美好；她在书法领域破土耕耘，掌握了篆书的精髓，一笔一画间，透露出岁月的沉稳与从容。

　　谈及过往，田钟离脸上总是带着微笑，眼中闪烁着幸福光芒。特别是提及那张与戴维夫人的"燕园之吻"照片，她更是笑得合不拢嘴。戴维夫人，一位来自异国的朋友，因共同的兴趣爱好而结缘，她们在相互交流中增进友谊，在文化接触中收获温暖。春节聚会上的那一吻，不仅定格了二人深厚的情谊，也成为了燕园里一段温馨而美好的佳话。田钟离常说："在泰康燕园，我过的是一种文化养老的生活。"这里，不仅是身体的栖息地，更是心灵的归宿。老人们在这里不仅能够享受到优质的服务和舒适的环境，更能在文化的滋养下，保持思想的活跃与年轻。各种文化活动的开展，新知识不断开阔视野，让他们的晚年生活充满了色彩与活力，在充实丰富的文教卫体活动面前，时间仿佛不够用了。

生命中最美的风景

在喧嚣的世界中，有一种情感如同静水流深，它不被外界的风雨阴晴所左右，只缘于两颗心灵的相知相守。佟杰和刘润田夫妇，就是这样一对令人羡慕的伴侣。他们出生于20世纪50年代后期，经历了风雨的洗礼，却始终保持着对生活的热爱和对彼此的深情。当年，他们同时入伍，同在一个部队。这段共同的经历不仅锻炼了他们的意志，更让他们找到了彼此。在工作中，他们相互扶持，共同面对困难与挑战。那段岁月，虽然艰苦，却成为了他们一生中最珍贵的回忆。

然而，命运似乎并不总是眷顾这对恩爱的夫妻。刘润田的一生经历了多次生死磨难。从生孩子难产到坐月子时的乳腺炎手术，再到陪丈夫驻东帝汶期间患上的卵巢囊肿急性扭转，每一次都让她痛不欲生。2019年底，在疫情暴发的前夕，她又因脑梗住院，两次报病危，险些丧命。

刘润田（左）与丈夫佟杰（右）

那段时间，夫妻被迫分离，彼此牵挂，度日如年。想当年，为了陪伴丈夫，刘润田甚至不惜与儿子分离。儿子很小的时候就被寄养在别人家里，这使得儿子在成长过程中缺少了父母的关爱与陪伴。每当提起这段往事，夫妻俩都忍不住落泪，觉得对儿子亏欠太多。尽管如此，刘润田对丈夫的照顾却是无微不至的。她身体健康时，几乎承担了所有家务，不让丈夫插手任何一点儿小事，全力支持丈夫工作。而佟杰也深知妻子的付出与牺牲，对她充满了感激与疼爱。付出爱心且收获甜蜜的回报，这是一种无比美好的经历。佟杰在妻子脑梗同时引发桥本氏病时，竟然不顾一切地把妻子接回家中，一个人悉心照料，全心全意地陪伴在她身边。在佟杰的精心照料下，刘润田的身体逐渐康复，精神也日渐好转。

2023 年，夫妻俩决定入住泰康之家燕园。这里环境优美、安全舒适，还有康复医院和餐厅等养老设施，为他们的老年生活提供了极大的便利。省去了烦琐的家务劳动，佟杰有时间给妻子更多陪伴，读书，读报，练习发音，渐渐恢复语言功能。他们漫步在静谧的林荫道上，夫妻俩手牵手，彼此的视线交织，温暖的笑容传递着无言的诉说。他们的身影在阳光下显得格外温馨而美好。这份深情厚谊，不仅让他们的老年生活充满了幸福与温馨，他们的身影也成了燕园一道亮丽的风景线。

我的生活我做主

在四川成都这片文化底蕴深厚的土地上，孕育了一位不凡的女性——汪琳仙。1935 年，她诞生于这座具有自然美景与人文精华的城市，自幼便展现出对知识的渴望与追求，养成了勤奋好学的习惯。

1961 年，汪琳仙从北京农业大学（现中国农业大学）兽医专业毕业。

留在校兽医学院任教后，她以渊博的学识、严谨的态度和无私的奉献精神，成为了学生心中可敬的老师。

在科研领域，汪琳仙曾到北京医学院、中科院动物研究所进修或进行科研实践工作，她还作为访问学者去加拿大圭尔夫大学医学基础专业进修。在农大参与创建动物生理生化专业，挑起了教学、科研重担，培养了一批研究生，这些人才已成为各领域的佼佼者。汪琳仙获得自然科学基金项目扶持，撰写了数十篇论文专著，记录了她对专

汪琳仙

业的深刻理解，彰显了她作为学者的严谨与创新。

退休后，汪琳仙以更加饱满的热情投入到新的学习领域——书法绘画。她尤其钟爱画"四君子"梅兰竹菊。

2010 年，她倾心创作了一幅长达 25 米、包含 50 幅"四君子"的长卷，这不仅是她艺术才华的一次充分展示，更是她坚韧不拔、勇于探索精神的生动写照。

在追求艺术的道路上，汪琳仙从未满足，她不断挑战自我，尝试将东西方绘画技巧相融合，创造出独特的艺术风格。她的作品，既有东方的含蓄与意境，又不失西方的色彩与张力。同年，她与画友共同举办了书画联展，更是将她的艺术成就推向了一个新的高度。

如今，汪琳仙已年近九旬，在泰康之家燕园，她找到了属于自己的晚年生活。在这里，她继续坚持健身锻炼，同时依然挥毫泼墨，享受书法绘画带来的乐趣。汪老常说："我的生活我做主。"正是这份对生活的热爱与掌控，使她在人生的每一个阶段都能活出自我，绽放光彩。

为石油奉献一生，在燕园续写精彩

　　还记得 20 世纪 60 年代红遍祖国大江南北的《我为祖国献石油》吗？这首歌的第一演唱人——93 岁的钟珊女士，如今依然健在，和丈夫王炳诚居住在泰康之家燕园。

　　王炳诚生于 1927 年，1951 年毕业于北洋大学采矿系（今天津大学）。作为年轻的共产党员，他响应国家号召，自愿前往新疆独山子参与石油工业建设，从此与石油结下不解之缘，69 岁超期服役 9 年，离休后被聘为专家，直至 85 岁才离开工作岗位。

　　钟珊 1932 年出生于湖南，1950 年参军来到新疆，毕业于"新疆军区俄语专科"，即原新疆民族学院俄语专业，后转业至当时的中苏石油公司担任翻译工作。1954 年，王炳诚、钟珊因石油结缘，结为伉俪，共同开启了为祖国献石油的光辉历程。

　　王炳诚、钟珊夫妇以准噶尔盆地为起点，在全国 7 个

王炳诚（左）与夫人钟珊（右）

大油田的生产一线工作了整整 46 年。从克拉玛依油田的发现和初期建设，到四川川中石油会战、大庆石油会战、江汉石油会战，再到"六上塔里木"的会战，其间还在吉林油田和中国海洋石油勘探局工作了 14 年。他们见证了新中国石油的发展，为其作出了不可磨灭的贡献，钟珊曾获得新疆维吾尔自治区劳模荣誉，参加过 1960 年全国文

教群英会。王炳诚多次获得劳动模范、科技发明奖、突出
贡献奖等众多奖励。他是教授级高级工程师，享受国务院
政府特殊津贴，离休后享受副部级医疗待遇，至今仍关注
着我国石油工业的发展，所提建议备受塔里木石油公司领
导重视。

他们夫妻二人为了工作一生搬家 34 次，其中 6 次超
过 1000 公里。为照顾年幼的孩子，钟珊女士缠足的母亲
在 70 岁高龄仍跟随他们东奔西跑，历经 4 个油田，吃尽
苦头。钟珊做过宣传、当过义务教员。在大庆油田，她发
现了《我为祖国献石油》的词作者薛柱国，并推荐给劫夫
和秦咏诚二位教授，他们谱写成曲，由钟珊首唱后，提出
修改意见被作曲者采纳。身为大庆油田工委职工家属政治
部副主任的她，曾带领职工家属演出队赴北京演出《初升
的太阳》，受到国家领导人的亲切接见。她多才多艺，能
歌善舞，棋牌书画样样精通，其书画作品在北京市和石油
部书画大赛中多次获得一等奖。1989 年从中海油钻井公
司党委书记岗位退休。

2018 年，王炳诚、钟珊夫妇入住泰康之家燕园，开
启养老生活。他们对燕园的生活环境十分满意，也喜爱这
里的文化氛围，真正做到老有所学、老有所为。王炳诚凭

借自己几十年的石油工作经历，在"燕园大讲堂"连续讲课 3 年，多达 21 节课，让居民们深入了解我国石油发展的全过程，看到祖国石油工业的巨大进步，激发了居民们的爱国热情。

如今，当被问起"如果让你们今天做出选择，你们还会选择石油工业吗？"二老坚定地回答："会的！"他们的一生，是为祖国石油事业无私奉献的一生，在燕园，他们继续书写着精彩篇章。

开启品质生活新篇

2024 年 7 月 16 日，在泰康之家燕园的观景台上，作者与著名物理学家王鼎盛就养老话题聊了起来。王鼎盛是中国的物理学家，中国科学院院士，他在磁性和表面物理研究中作出了突出贡献，他也是在国际上有广泛影响的科学家。今年已 84 岁的王鼎盛，看上去精神矍铄，谈吐清晰，思维敏捷。作者跟他一起交谈没有任何约束感，他和蔼可亲，说起话来字斟句酌，慢条斯理，由此可以推测他对待科学研究的严谨作风。

王鼎盛的这种认真求实作风，也体现在他选择养老社区的时候，绝非仓促决定，而是经过深思熟虑的。当初，他跟老伴儿决定去养老社区养老后，先后考察了 3 家养老社区，前后体验入住 8 个月，最终在 2015 年 11 月选择入住泰康之家燕园，开启了他们新的老年生活。9 年之久的燕园生活体验，使王鼎盛感悟到：每个人的情况不同，需

王鼎盛

求也就不同，选择自然也不一样。但是，在选择养老地点这个问题上，大家看法都惊人地相似：最重要的是看社区给老人们提供的服务如何，而不是去看它提供的房子面积大小。作者非常佩服他说到点子上了！

王鼎盛解释说："一般来讲，我们这些人在自己原来的家，居住面积都不小，有的甚至是 200 平方米以上，如

今来到泰康燕园，为的是有一个舒适温馨的环境和有效的
服务，而不是寻找一套大房子。泰康之家燕园，给我最深
的印象就是这里实行管家式管理，无论有任何事情，只
要找你的管家，一站式解决所有问题，不再需要你操任何
心。燕园的居住环境更没的说，以前我们住在中关村，跟
老伴儿去一趟颐和园散步，需要乘坐公交车来回很不方
便。如今在泰康燕园这座大花园里，每天行走几千步，不
出小区，不用挤公交车，累了，随时都可以坐在路边椅
子上休息，实在是太方便啦！你说，哪里能有这么好的条
件呀？"

　　王鼎盛笑容可掬地望着作者，补充说："当然，泰康
燕园还有别的老年社区比不上的知识讲堂，如科技大讲
堂、人文大讲堂等，这些被称为文化享老活动，都是燕园
最具魅力的讲堂，获得老年朋友的赞誉。"王鼎盛表示，
他已经把泰康燕园当成了自己的家，理所应当关心她爱护
她，积极参与各项活动，为了她的更美好的未来，作力所
能及的贡献。

人生没有回头路

　　王家湘是北京外国语大学的英语教授，桃李满天下。如今，她以 88 岁的高龄依然保持着活泼、率真的性格，活跃在泰康之家燕园的各种文体活动场合：打桥牌，游泳，教授英语，组织聊吧，参与影评讨论，分享读书知识，结交四方朋友。她每天的生活丰富多彩，充实而有意义。她对待老年生活的积极态度，让她身体硬朗，思维敏捷，性格豁达乐观，心态年轻得就像二三十岁的年轻人。她用自己的行动告诉我们，无论年龄多大，都要保持对生活的热爱和追求。

　　其实，王家湘作为一位资深的翻译家，在专业领域曾取得过卓越的成就。但她并没有因此而停滞不前，在燕园依然保持着对教育事业的热情，志愿当燕园英文课堂的授课老师，并在网上辅导老年朋友学习英语，这种无私奉献、帮助更多人实现梦想的精神，获得众多受益者的尊敬和钦佩。

王家湘

　　最重要的是，王家湘主张"人生没有回头路，要永远向前看"。这句话深刻地揭示了人生的真谛，也彰显了王家湘老师对待生活的态度。诚然，我们每一个人，在人生的道路上，总会遇到各种各样的挑战和困难，甚至挫折和委屈，但无论遇到什么样的艰难困苦，我们都不能放弃前进的步伐。只有勇敢地面对现实，积极寻找解决问题的方法，不断追求进步和发展，才能在人生的道路上走得更远、更稳。王家湘不仅传授知识，还教人如何对待人生。

3 年前，王家湘和老伴儿陈琳选择到泰康燕园来养老，这是她人生中的一个重要决定。后来老伴儿驾鹤西归，她很快从孤独中、痛苦中自我解救出来，适应了这里的新生活。儿子一家周末到燕园来和她共度周末，女儿每年回来时，母女就到泰康其他园区去"候鸟"式旅居，其乐融融。她认为，在养老问题上，每个人都要根据自己的实际情况和需求做出明智的选择，只有选择适合自己的养老方式，我们才能在晚年生活中享受到更多的幸福和快乐。

"我赚大发了"

在泰康之家燕园护理区，有一位 89 岁的老奶奶，名叫王金英。她的笑容总是那么温暖，仿佛岁月在她身上留下的只有智慧和从容。1935 年出生的她，如今已是耄耋之年，但那份对生活的热爱和乐观，却让她在燕园这片享老乐园里焕发了新的生机。她用笑容温暖岁月，用热情点燃夕阳。

7 年前，王金英被诊断出心脏内壁长了多个瘤，需要进行开胸手术。当年 82 岁的她，由于患有严重的糖尿病，手术风险极大，家人只能放弃了这一治疗方案。面对这样的困境，王金英的儿女们并没有选择消极等待，而是积极寻找新的生活方式。此时，她的小儿子做出了一个大胆的决定——送母亲入住泰康之家燕园护理区，那里有专人照顾！起初，王金英对儿子的这个决定并没有太多想法，反而跟儿子开玩笑道："住养老院是你们让我来的，钱我可

王金英

一分钱不出啊！"儿子则宽慰她："钱的事您别管了，我们姐弟三个会负责的！"

就这样，王金英带着一丝好奇和期待，踏入了燕园护理区。刚到燕园时，王金英被这里优美的环境和周到的服务深深吸引。她感慨道："过去人们常说'人活66，不死就活埋'，如今我都80多了，能住进燕园，真是赚大发了！"在燕园的日子里，王金英每天都过得乐乐呵呵的。她过去从未拿过笔画画，但在老师的指导下，逐渐迷上了绘画和绢花制作。没事的时候，她就推着轮椅出去转转，欣赏园区的风景，感受生活的美好。

她是一个独立且坚强的老人，拒绝护理员为她叠被子、穿衣服等服务，坚持自己能做的事情绝不让他人帮忙。她说："这些护理员都是孩子呢，他们每天也不容易，我眼见着他们给人擦屎擦尿，他们在家里还不都是父母的宝贝蛋呀？我心疼他们！"王金英还说："护理人员陪我聊天、哄我开心、教我画画。我在家里也没人这样陪着呀！"她甚至诙谐道："人家说我能活一百多岁，那时我还不得被送去展览馆展览呀？也能给国家赚钱啰！"说完自己先哈哈大笑起来，那笑容特别灿烂，特别感人！也许正是这种知足常乐的心态，让王金英在燕园的 7 年时间里，竟然没有一次心脏不舒服的感觉。她逢人便说："我啥毛病没有！"

其实，人的年龄只是一个数字，心态才是决定生活质量的关键。王金英虽近暮年，却以自己的智慧和经验，绽放出绚烂的光彩。

怀梦想，致远方

　　本篇介绍一位在学习绘画的漫长岁月中艰辛追求，终于在燕园获得收获的燕园居民，她叫王静茹。

　　王静茹今年 85 岁，自幼便对绘画怀有浓厚的兴趣，这份热爱如同种子般，在她心中生根发芽，成为她一生的追求。但是她的追求之路并非一帆风顺。在那个物质文化生活贫乏的年代，她没有专业的老师指导，也没有充足的绘画材料，但这并未削弱或减退她对艺术的兴趣和追求。她将自己的画纸贴在小学的每个同学的课桌上，无师自通的才华，让她用稚嫩却充满灵性的笔触描绘着心中的世界。由于对绘画的痴迷和执着，她在退休之前始终与画笔为伴，尽管那只是她的业余爱好。

　　1993 年，从华北电力大学退休后，王静茹终于有了更多的时间和精力去追逐自己的绘画梦想。起初，她报名参加了街道的幼儿绘画班，与一群小朋友一同学习。虽然

王静茹

年龄悬殊，但王静茹丝毫不觉得难为情。她说："我不管那么多，只要能跟着老师学画画就行。"这份谦逊和坚持，让她在绘画的艺术道路上越走越远。在老年书画函授大学，王静茹又学习了两年的绘画基础知识，为她日后的创作打下了坚实的基础。之后，她又跟随著名画家石齐老师学习新中国画，对学习抽象画更是情有独钟。她善于通过画笔和色彩来表达内心的感受和美好，每一次创作都是一次心灵的洗礼和升华。

1997年，王静茹的丈夫因病去世，这对她来说无疑是一次沉重的打击。然而，正是迷恋于绘画给了她力量和支撑，让她在那段难熬的日子里找到了精神寄托。她独自走过许多地方，用画笔记录下沿途的风景和内心的感受，画笔和绘画成为了她最亲密的伴侣和依傍。如今，虽然已经到耄耋之年，但王静茹从未觉得自己衰老了。她依然保持着对绘画的热爱和追求，每天与画进行心灵沟通。

不过，随着小儿子一家从海外归来，她面临着新的选择。她不想给孩子们添加负担，决定将自己的房子卖掉，来到燕园试住，并安家落户。她现在已经深深爱上了这个地方。她常对朋友说："这里不是养老院，是圆梦的地方。"在这里，她不仅可以继续追逐自己的绘画梦想，还能让自己原本活跃的内心找回青春的身影。她在跳交谊舞中感受美的旋律，在歌唱中放飞心情，在游泳中找回梦境。燕园的环境和氛围让她感到无比舒适和自在，她在这里圆了自己一生的梦想。

相知相惜，共度春秋

　　在北京与陕西的广袤大地上，曾经有两个年轻人，在各自的岗位上书写着属于他们的青春篇章。但是命运巧妙安排，最终使他们成为携手共度一生的伴侣。

　　1955 年出生的张志勇，曾在北京电力部门度过他的青春年华，他的才华和敬业精神使他在单位里出类拔萃。而王兰芝，也在青春时期进入陕西电力部门工作，以后也成为本单位公认的佼佼者。虽然他们身处两地，但命运却因 1976 年唐山大地震救灾工作，把他们联系在一起。

　　地震前，张志勇和王兰芝来自北京和陕西电建队伍，都在唐山建陡河电厂。灾情突然降临时，他们自己幸免于难，但他们没有抛弃被压在废墟下的同胞，都毫不犹豫地投身抢险第一线。他们在废墟中穿梭，从死人堆里爬过，用双手拯救出了一个又一个生命，同时也都在实践着自己入党时的初心。由于在抗震救灾中的突出表现，他们被评

王兰芝（左）与丈夫张志勇（右）

为国务院抗震救灾的模范人物，并出席了在北京召开的表彰大会。正是在这次大会上，两个互不相识的年轻人有了交集，而且悄悄产生爱慕之情，并决定携手共度人生，结为夫妻。婚后，张志勇和王兰芝不仅在事业上相互支持，还在生活中相互照顾，共同面对生活的风风雨雨。

2020 年到 2022 年，张志勇因病做了 3 次大手术。当时王兰芝刚刚获得了海外移民绿卡，考虑到丈夫身体恢复需要照顾，她果断放弃了移民，留在国内全身心照顾丈夫。张志勇十分感恩妻子的爱，为了不让妻子为自己受累，他决定入住泰康之家燕园。入住燕园后，两人都从日常繁杂家务中得到解脱。他们夫妻二人一踏入燕园自己的家门，就高兴得相拥而泣。他们每天一起打乒乓球、唱歌、跳舞、打桥牌；还经常与其他老人聊天交流，分享彼此的故事和经历。在这样快乐无忧的氛围中，张志勇的身体也逐渐得到了恢复。

张志勇和王兰芝夫妇相伴，是平淡中的守望，是风雨中的携手，更是岁月流转中的深情依恋。他们夫妇感情如同那细心呵护的鲜花，在岁月的风霜里绽放出独特的美丽。

传导快乐

　　王敏鹤，这位 83 岁的老者，与她的老伴儿吴先生，共同踏入了泰康之家燕园，开启了他们崭新的生活篇章。燕园，这个充满活力与温暖的社区，为他们提供了一个全新的生活舞台，也让他们重新找到了生活的意义与乐趣。

　　一天早上，阳光透过大厅的玻璃窗洒在地板上，王敏鹤被眼前的景象深深吸引。大厅里，一群坐着轮椅的长者，他们的脸上虽刻着岁月的痕迹，但眼神中却闪烁着对生活的热爱与渴望。当悠扬的琴声响起，这些长者不约而同地歌唱，那声音饱含着深情与力量，直击人心。歌声中，有对过去的回忆，有对当下的珍惜，也有对未来的期待。这是一首生命的赞歌，每一个音符都充满了温暖与希望。

　　王敏鹤仿佛被某种神秘的力量牵引，她不由自主地站

王敏鹤

起身，随着节奏轻盈起舞。她的舞姿和身段柔和完美，富有魅力。每一个转身、每一次抬手，都像是在传递着对生活的热爱与感叹。她的舞蹈，如同一首无声的诗，诉说着岁月的温柔与坚韧。周围的长者们纷纷投来惊奇而喜悦的目光，他们脸上绽放出天真的笑容，那是对生命美好瞬间的共鸣与庆祝。

在这一刻，王敏鹤深刻感受到，原来快乐与价值的传递是如此简单而纯粹。她用自己的方式，为这些同样经历了风雨却依然热爱生活的长者们带去了欢乐与希望。她的舞蹈不仅是一种艺术表达，更是一种心灵的交流。她用身体的语言告诉每一个人：无论年龄多大，无论身体状况如何，我们都可以用自己喜欢的方式去热爱生活，去传递快乐。

从此，在燕园大厅里，时常可以看到王敏鹤的身影。音乐响起，王敏鹤以最优雅的姿态步入舞池，用舞蹈讲述着岁月的故事，用笑容传递着快乐的能量。她的舞蹈不再是为了表演，而是为了分享。她与长者们一起唱歌、跳舞，一起分享生活的点滴。她用自己的行动证明，快乐是可以感染的，希望是可以传递的。

王敏鹤在给予的同时，自己也收获了前所未有的满足与幸福。她发现，在人生的每一个阶段，我们都有能力成为他人生命中的光，照亮彼此的路，共同前行。燕园不仅是一个养老社区，更是一个充满爱与温暖的大家庭。在这里，每一位长者都能找到属于自己的价值，都能在彼此的支持与鼓励中，继续书写属于自己的精彩人生。

王敏鹤的故事，让我们看到了生命的另一种可能。她用自己的经历告诉我们，无论岁月如何流转，只要心中有爱，有希望，生活就会充满阳光。在泰康之家燕园，王敏鹤和她的伙伴们用他们的故事，书写着属于他们的最美夕阳红。

她向世界介绍中国

　　泰康之家燕园居民王玮珠有着独特的体验，这位1946 年出生的女性，以其非凡的丰富经历，向人们展示了一个出身贫寒、生活艰辛的普通女子，如何靠着对未来生活的憧憬和坚持不懈地努力奋斗，走向成功的。

　　1964 年她高中毕业时，正当国家急需外语人才，她凭借着优异成绩被选中出国留学，前往阿尔及利亚学习阿拉伯语。人生道路这一重要转向，从此改变了她的人生轨迹，让她与阿拉伯语结下了不解之缘。在异国他乡，面对完全陌生的语言和文化环境，她没有退缩，而是以惊人的毅力和决心，从零开始，逐步攻克了阿拉伯语这座语言大山。在没有现成字典，只能依靠英阿、日阿等间接资料的情况下，她以"以死相搏"的劲头，夜以继日地攻读学习，最终成为了一名精通阿拉伯语的专业人员。

　　学成回国后，她进入了中央广播事业局对外部（后为

王玮珠

中国国际广播电台），正式成为一名记者、翻译、编辑和
播音员。她编辑主持的"听众信箱"节目，成为连接中阿
人民心灵的纽带，增进中阿人民友谊的桥梁，受到了广泛
的赞誉和好评。这期间，王玮珠还多次被派往阿拉伯国家
执行任务，无论是作为新闻代表团、医疗队、体育交流成
员，还是直接参加援外工程，她都能出色完成翻译工作，

为巩固中阿之间的友谊贡献了自己的力量。在工作上，她任劳任怨；在生活上，她从不计较个人得失，她工作了几十年，一家仍然只住在 54 平方米的小房子里。但王玮珠从没抱怨，她认为现在跟以前艰苦日子相比，自己非常幸福和感恩。

如今，王玮珠虽然已年近八十，但她那颗热爱生活、热爱学习的心依然年轻。在燕园，她享受着宁静而充实的晚年生活，继续追求自己的兴趣爱好，学习英语口语，与志同道合的朋友们交流心得，分享人生的智慧与经验，精神世界依然充实富足。

敢为人先，乐享晚年

在人生的旅途中，每个人都在寻找着属于自己的那份安宁与幸福，魏洪钰，这位 68 岁的智者，用他的行动诠释了这句话："敢为人先，乐享晚年。"

8 年前，当大多数老人还在为退休后的生活规划而犹豫不决时，60 岁的魏洪钰和他 55 岁的夫人曾建平却以一种超乎常人的勇气，做出了一个令左邻右舍瞠目结舌的决定——卖掉自己多年居住的老屋，毅然决然地踏入了泰康之家燕园的大门，开启了他人生的新篇章。面对亲朋好友的疑惑与劝阻，魏洪钰内心却对自己如此选择有异常坚定的信念。在他看来，这不仅是对传统养老观念的一次挑战，更是对生命质量勇于追求的一次尝试。他深信，泰康之家燕园，这个由陈东升董事长倾心打造的养老社区，能够为他提供一个集居住、医疗、娱乐、学习于一体的全方位生活环境，让退休后的生活更加丰富多彩。事实证明，

魏洪钰（左）与夫人曾建平（右）

魏洪钰的选择是明智的正确的。在泰康之家燕园，他不仅远离了家务琐事的羁绊，还重新唤起了对潜在艺术生活的热爱与探索。从剪影艺术的精妙构思，到珍珠贴画的细腻制作，再到电子管乐器的悠扬旋律，每一项新技能的掌握，都是他对自我潜能的一次次挖掘与释放。在这里，他找到了属于自己的舞台，用艺术点亮了退休生活的每一个角落。他们无须再为一日三餐而忙碌，无须再为日常打扫而劳累，他们只需安心享受生活的每一刻。清新的空气、优美的环境、完善的健身设施、便捷的医疗服务，这一切都让他们的晚年生活变得更加惬意与满足，而燕园的人文环境更是让魏洪钰赞不绝口。在这里，他遇到了许多志同道合的朋友，他们一起交流心得，分享经验，彼此间的鼓励与支持，让他感受到了前所未有的温暖与力量。

　　在泰康之家燕园，魏洪钰找到了一种全新的生活方式。他说："只要改变传统的养老认知，敢于追求，勇于尝试，晚年生活同样可以精彩纷呈，充满无限可能。"

岁月因你而温暖

　　在人生的长河中，每个人都在寻找那个能与自己携手共度风雨的伴侣。吴允荣与吴思毅，这一对患难知己，用他们的故事，为我们诠释了何为真正的爱情与陪伴。

　　1953 年出生的吴允荣，从小受到革命家庭熏陶，父亲是一位老革命，这种家庭背景让她从小就学会了坚韧与奉献。然而，命运似乎并不总是眷顾这位善良的女子。"文革"初期，14 岁她失去了母亲；15 岁到农村插队三年；1976 年唐山大地震又夺走了她的父亲和一个妹妹。中年时，她又遭遇了前夫因心脏病突然离世的沉重打击。坎坷的人生经历无疑给她的身心带来了巨大创伤。

　　而吴思毅，同样是一位经历过人生风雨的智者。1956 年他毕业于东北大学，一生致力于采矿设计专业研究，见证了国家煤炭工业的发展与变迁。然而，命运同样对他进行了考验。前妻患渐冻症 5 年，他全心全意地呵护，直到

吴允荣（右）与丈夫吴思毅（左）

妻子离世。这段经历，不仅耗费了他的全部精力，也让他更加珍惜生命中的每一个瞬间。

教授级高工吴思毅和才女吴允荣，尽管他们都在同一个单位工作，又在各自岗位担任领导职务，但彼此并不熟悉。然而，命运的红线早已将他们紧紧相连。经热心人的介绍，2003年这对苦命人，一位是具有音乐指挥才能的智者，一位是在绘图专业上高人一筹的、能写会画的才女，两人携手相伴走到一起，彼此欣赏，决定共度余生。他们的爱情，没有年轻人的激情与浪漫，却有着更多的理解与包容。

2018 年，他们卖掉了原有的房子，入住泰康之家燕园。在这里，吴允荣继续她的绘画与书法学习，同时还带班当老师，将自己的才华与智慧传授给更多的居民。她则在边学边教过程中，无论是绘画还是书法，都获得了长足进步。一次，她为文化学者、中央民族大学教授蒙曼赠送条幅"读万卷书行万里路"，其楷书笔法运用独到，点画之间精妙细腻，整体布局均衡和谐，展现了她对书法艺术的精湛技艺与创新意识。而吴思毅，自幼热爱音乐的理工男，则在燕园合唱俱乐部，展现着炉火纯青、张弛有度的指挥才能，不惜挥洒汗水，用真情为更多的人带去欢乐与温暖。

他们的晚年生活，充满了艺术的芬芳气息。他们相互扶持，共同面对生活中的每一个挑战，在老去的路上，彼此成为对方最温暖的依靠。

心宽路自广

　　人生在世，每个人都在用自己的方式书写着自己的故事。谢霞，这位 1956 年出生的女性，用她的智慧、决断与勇气，为自己铺就了一条通往自由幸福晚年的道路。

　　早在 2017 年，当许多人还在为退休后的生活迷茫不已时，谢霞就已经开始谋划自己的养老事宜。这并不是一时的冲动，而是她深思熟虑后的必然选择。她深知，随着年龄的增长，身体和生活方式都会发生变化，提前规划未来才能确保老年的生活品质。2023 年，谢霞做出了一个令人意外的决定：将自己的一套大别墅留给儿子和儿媳，自己和丈夫则入住泰康燕园。这个决定在外人看来或许有些不解，但对她来说，却是经过一番深谋远虑的结果。她认为，自己已经为孩子们付出了足够多，现在是时候享受自己的生活了。她是一个"咬定青山不放松"的人，一旦认准了某件事，就会坚定不移地走下去。这种性格在她的

谢霞

一生中体现得淋漓尽致。

　　2010 年，她抱着幻想办理了全家移民加拿大的手续，并成功拿到了绿卡。然而，当她真正踏上异国土地时，却发现那里并不如自己想象中的美好。环境气候变化，语言交流障碍，生活极不适应，让她倍感困扰和压抑。于是，在 2014 年，她毅然决然打道回府，宁可放弃绿卡。回国后，她重新住进了自己的大别墅，感受着熟悉的国土和人情，心中有一种满足和幸福，她的生活过得充实而快乐。儿子结婚生女，让她见到了第 3 代人，一家人其乐融融。然而，作为一个明事理的母亲，她也清楚地看到了儿媳与婆婆之间微妙的关系。

2017 年丈夫患上脑梗，谢霞左思右想后便与儿子、儿媳妇进行了一次"谈话"。她明确表态不再插手孙女的抚养照顾，让儿子、儿媳妇自己带孩子。同时，她和丈夫也做出了一个大胆的决定：直接入住泰康之家燕园。谢霞的理由很简单也很明确：她认为自己这辈子该为孩子们做的事情已经都做完了，作为母亲的使命也结束了。儿子有自己的小家，也有他们自己的生活。她希望自己的晚年生活能够自由自在、幸福安康，不再给孩子们添任何麻烦，给孩子松绑还自己自由。谢霞说：生活不是讨好他人，而是自我宠爱。

如今，在泰康之家燕园，她以优雅的姿态面对生活，用一颗宽容的心去接纳和享受，结交新的朋友、参与各种活动，让自己的晚年生活充满乐趣和丰富多彩。

自然与人类

在中国科学院古脊椎动物与古人类研究所的殿堂中，徐钦琦是众多知名专家学者之一。这位如今已步入 87 岁高龄的学者，在泰康之家燕园颐养天年，其对科学的热爱与贡献却如同不老松，历久弥新。

徐钦琦的研究生涯，始于一个并非初衷的选择——他高考进入北京大学地质系学习的专业，竟然是古生物专业。初始，他似乎并未对这个领域抱有特别的热情，但命运的安排往往在不经意之间。随着对古生物学的逐渐深入学习和探索，那些古老而神秘的化石、那些关于地球与生命起源的未解之谜，如同磁石一般吸引着他，让他欲罢不能。这份对未知的渴望，驱使他一生致力于地球演化与生物进化的研究，成为了该领域的杰出代表之一。

徐钦琦在学术科研上勤奋不辍，将多年的研究成果凝聚在《天地生与人类社会交叉研究》一书中。他将大气

徐钦琦

圈、岩石圈和水圈、生物圈以及人类圈视为一个相互关联、不可分割的整体，通过翔实的资料与深入的分析，揭示了地球演化与生物进化的内在规律。他巧妙地将中国传统哲学思想与现代自然科学理论结合起来，为理解自然现象与生命现象提供了全新的视角和思路。

如今，在泰康之家燕园这个宁静而优雅的环境中，徐钦琦依然关注着自然科学的发展，思考着人类与自然的未来。在回答采访者提问"根据您的研究，您觉得中国百年复兴梦能实现吗？"时，他眼里闪烁着坚毅的目光说："一定能实现！我们在燕园好好活着就能看到！"徐钦琦认为，21 世纪，甚至未来 300 年左右应该代表一个新的、千年尺度的大年的春季。这个时期为我们中华民族伟大复兴展现出一个难得的历史机遇，这是天赐的良机。

引进《Follow Me》第一人

在 20 世纪 80 年代初的中国，一场英语学习的热潮悄然兴起，一部名为《Follow Me》的英语教学节目，迅速风靡全国，为无数渴望掌握英语、走出国门或为提升自己英语水平的人们铺平了道路。然而，很少有人知道，这个节目的引入者，是一位名叫徐雄雄的老人。

如今，徐雄雄就居住在泰康之家燕园，他已 92 岁高龄。他的人生经历丰富而曲折，与中国英语教育事业紧密相连。他 18 岁那年，正值中华人民共和国成立之初急需外语人才，徐雄雄被选派到北京外国语学校（北京外国语大学前身），跟随许国璋老师学习英语。后来，他被派往朝鲜，担任志愿军翻译。这段经历不仅锻炼了他的语言能力，更让他深刻体会到了英语在国际交流中的重要作用。回国后，徐雄雄被调配到外交部担任外交信使。然而，"十年动乱"让他的职业生涯跌入了低谷，他经历了下放和再就业的艰难岁月。

徐雄雄

但无论身处何地，他都没有放弃对英语学习的热爱和追求。

1978 年 12 月 1 日，徐雄雄最终进入中央电视台（当时的北京电视台）"电视教育部"任英语节目编导。他开始试探用电视形象化栏目进行英语教学，编导了《玛丽在北京》《星期日英语》等。1979 年徐雄雄被派去英国广播公司（BBC）考察，看到了英国同行制作的《Follow Me》

教学样片。该片以其生动有趣的生活情节对话，使英语学习不再干巴枯燥。他立刻意识到，如果将这部教学片引入到中国，一定会受到广大英语学习者的欢迎。然而，引入《Follow Me》并不是一件容易的事情，需要克服资金、版权、翻译等多方面的困难。但他决心下定，回国后立即四处奔走，筹集到了2000英镑的资金，并与BBC签订了合同，成功引进了这个英语教学节目。在徐雄雄的主持下，《Follow Me》经过了修改和编辑，更加适应中国学习者的口味和习惯。1982年1月5日，《Follow Me》在胡文仲教授和英国专家凯瑟琳·费劳尔主持下正式开播。无数英语学习者通过这档节目，掌握了英语的基本技能，开启了人生不一样的旅程。

徐雄雄的贡献不仅仅在于引入了《Follow Me》这部英语教学节目，同时也为中国人开启了大范围学英语的大门。身为高级编辑的徐雄雄退休后，宝刀未老，依然受聘于外资公司。70岁以后完全脱离了原来的生活轨迹，有时间去国内外旅游，而且有精力管理家务了。2019年入住泰康之家燕园时，已经年近九旬，但他坚持自己的事情自己动手做，保持独立生活能力。他觉得：心态平和，科学运动，会让自己衰老得慢一点，老得优雅一点。

痴迷篆书求索不止

在中国浩瀚的文化长河中，篆书与篆刻犹如璀璨的星辰，闪耀着独特的光芒。2200 多年前的大篆、小篆，作为汉字发展的源头，承载着古人的智慧与情感，在中国文化发展史上留下了不可磨灭的贡献。而在泰康之家燕园，有一位令人敬佩的居民——严奉规，他痴迷于篆书与篆刻几十年，并在这片领域取得了令人瞩目的成就。

严奉规自幼在湖北荆州石首求学，那是一座历史悠久、文化积淀深厚的城市。他的青春岁月在这片充满文化底蕴的土地上度过，古朴的篆书艺术也在他心中悄然生根。石首，这座古老的城市，见证了严先生从懵懂少年到对篆书篆刻痴迷一生的转变。从那时起，他便与篆书篆刻结下了不解之缘。

在成长的道路上，严奉规有着丰富的人生阅历。他曾经是一名传道授业的教师，用知识的火炬照亮学生前

严奉规

行的道路，也曾担任过当地的宣传部副部长，肩负着传播文化与思想的重任。无论身处何种岗位，他始终坚守在继承与弘扬中华文化的第一线，将篆书篆刻艺术的传承视为己任，用自己的行动诠释着对传统文化的热爱与执着。

严先生深知，篆字作为汉字发展的源头，是中华文化的瑰宝与象征。为了深入研究篆字的产生和历史，他一头扎进了《说文解字》的浩瀚海洋中。这部古老的字典，如同一座知识的宝库，为他提供了无尽的探索空间。严先生对近万个篆字逐一研究，仿佛在与古人进行着一场跨越时空的对话。从字形的图画性到线条符号，他不断地在问"为什么"，试图探寻每一个篆字背后的故事与奥秘。他用严谨的态度和不懈的努力，解读着篆字的密码，感受着古人的智慧与情感。

经过多年的潜心研究与创作，严奉规取得了令人瞩目的成就。迄今为止，他已书写了上千米的篆书长卷，共计 40 卷，每卷长度均在 20 米至 25 米之间。这些长卷内容丰富，涵盖了现代诗词、古典诗词及《古文观止》名篇等。他的篆书作品，笔法流畅，结构严谨，每一笔每一画都透露出深厚的文化底蕴和艺术魅力。同时，他还创作了一千多枚篆刻印章，印刻作品更是多达一万七千多件。每一件作品都凝聚着他的心血与汗水，是他对篆书篆刻艺术无限热爱与追求的见证。在他的眼中，篆书与篆刻不仅仅是书法的表现形式，更是中华文化的根与魂，承载着历史的记忆与民族的精神。

如今，严奉规入住泰康之家燕园。在这片充满活力与温暖的社区里，他对篆书与篆刻的热爱与追求丝毫未减。他依然坚持每天研习篆书、篆刻，将这份对传统文化的执着延续下去。在燕园，他找到了一个理想的创作环境，与其他热爱传统文化的居民相互交流、相互学习，共同为中华文化的传承与弘扬贡献着自己的力量。

西出阳关戍边卫国

　　杨大勇，一名从河南故乡走出来，将青春与汗水洒在新疆广袤土地上的老战士，虽然年逾古稀，依然少不了对古今英雄敬仰的冲动。

　　1967 年，19 岁上高中的他，怀揣着对"馍"的简单向往，毅然跟随新征入伍部队西出阳关，远赴边疆，成为一名光荣的人民子弟兵。这一去，便是五十年风雨兼程，从青涩少年到成熟稳重，他用自己的行动诠释了什么是"精忠报国"。在漫长岁月里，杨大勇从一名普通的士兵成长为一名正师级干部，每一步都凝聚着他的汗水与智慧。他深知，作为一名军人，不仅要练就过硬的军事本领，更要有坚定的理想信念。在不同的职务中，杨大勇最热爱的是宣传干事。他喜欢文字表达，更热爱那些为国捐躯的英雄，他经常翻开一本本戍边英雄传记，用心去感受那些舍生忘死的精神力量。于是，他也拿起笔，将那些所见所

杨大勇

闻的感人故事化作文字，让英雄事迹传遍军营的每一个
角落。

　　作为一个带兵的人，他一有机会就会带着战友们，来
到那些矗立在天山脚下的烈士纪念碑前，默默地献上自己
的敬意与哀思。他常常对战友说："我们要时刻铭记那些
为国家和民族牺牲的先烈们，是他们用鲜血和生命换来了

我们今天的幸福生活。"为此，他耗费不少精力和时间，主编了战友们撰写的 40 万字的文章汇成《太行回声》，以此纪念千名太行子弟进疆戍边 50 周年，圆了他多年朝思暮想的一个心愿。

如今，杨大勇已步入暮年，他和夫人一同来到了泰康之家燕园。这里环境优美、设施完善，是众多老年人理想的养老享老之地。然而，对于戎马一生的杨大勇来说，这里不仅仅是安享晚年的地方，更是他继续学习、弘扬英雄精神的园地。他不仅聆听讲座、关心国家大事，还用卫国戍边的英雄故事，鼓舞和影响着众多朋友！

后半生学会享受

　　杨双端是一位不平凡的女性，她如今 91 岁高龄了，但身体里依然有一股从不服老的劲头。她生长于一个普通的家庭，1949 年 8 月，新中国成立前夕，年仅 16 岁的杨双端毅然地踏入了公安工作的行列。在那个动荡不安的年代，她深知自己肩负的责任重大，一心扑在事业上，无论侦查破案、维护治安，还是调解纠纷、服务群众，她都尽心尽力，勤奋好学。在她的心中，公安工作不仅仅是一份职业，更是一份使命，一份对国家和人民的忠诚。

　　日月如梭，光阴似箭，转眼间杨双端在公安战线上奋斗了数十年。1988 年，当她年满 55 岁时，光荣离休。但离休后的她，并未停下前进的脚步，而是将目光投向了更加广阔的天地——老年大学。在这里，她找到了新的兴趣与爱好，那就是绘画。起初，杨双端只是抱着学习的态度走进了老年大学的课堂。然而，凭借着对艺术的执着追求

杨双端

和不懈努力，她的绘画水平迅速提升。5年后，由于绘画技艺的精湛和老年大学师资的短缺，她不仅成为了学校的管理者之一，还肩负起了教授学生的重任。这一干，又是将近30年。在她的指导下，一批又一批的学员在绘画的道路上找到了自我，收获了成就。

岁月不居，时节如流。当杨双端步入了耄耋之年时，老伴儿和儿子相继离世，两个女儿也因工作忙碌，无法照顾她的饮食起居，于是她选择了独立养老，不给女儿们增添额外的负担。经过多方考察与比较，她最终选择了泰康之家燕园作为自己的养老之处。这里环境优美、设施完善、服务周到，让她感受到了前所未有的安心与满足。

在燕园的日子里，杨双端依然保持着对生活的热爱与追求。她头脑清醒、思维敏捷，将日常琐事安排得井井有条。同时，她也没有放弃自己的绘画爱好。每天清晨或傍晚，她都会漫步于园中的花草之间，以它们为目标，将它们的美好存在用画笔永远定格在画布之上。这些作品记录了她对美好生活的向往与追求，也成了她晚年生活中最宝贵的财富。杨双端认为：人到老年了，最重要的是活得快乐，不管前半生是怎么过的，后半生都要学会享受，善待自己，不要辜负余生的好时光。

养老就信泰康之家

　　叶梦，一位 77 岁的优雅女性，岁月在她身上仿佛只留下了智慧的沉淀，而未曾夺走她的气质与精致。尽管已至暮年，她依然保持着对美好生活的追求和热爱。在她 70 岁那年，做出了一个令人钦佩的决定——辞去服装设计公司 CEO 的职务，将自己打造的公司转手让给他人，落户燕园，开启了新生活。

　　叶梦曾是一位成功的女企业家，创业 20 年间，她凭借一双敏锐的眼睛，在商海中精准捕捉每一个机遇。她在考察泰康之家时，依然用一副战略眼光，她对泰康之家创始人陈东升给予了特别关注。她深入了解了陈东升的背景、经历、创业理念以及资金实力，最终她坚定地说："养老，我就相信陈东升，相信泰康之家！如果说我曾经害怕未来，但我现在不再害怕，因为我已经找到了可以托付未来的地方。"为了这份"相信"，叶梦抵上了所有家

叶梦

产，将晚年托付给泰康之家。

　　其实，叶梦很早就开始思考自己的养老问题。她照顾母亲 30 年，为她养老送终，母亲 102 岁高龄离世，其中的辛苦劳累只有她知道。她深知自己无法与母亲相比，母亲老年尚且有自己照料，而自己的老年谁照料？她只有一个儿子远在海外，无法时刻顾及母亲。因此，她决定将自己的未来托付给一个她认为能够给予她安心与幸福的养老社区。泰康燕园，的确是她所说的"晚年的避风港"。这里不仅环境优美、养老设施完善，更重要的是，这里的服务团队专业且贴心。一次，她突然感到胸闷不适，紧急拉响了房间内的求助绳。短短 5 分钟内，所有的抢救人员便迅速到达现场，为她提供了及时有效的救治。这次经历让叶梦深刻感受到了泰康燕园在紧急情况下的应对能力和专业素养，也更加坚定了她在这里安度晚年的决心。

在燕园的日子里，叶梦的生活充满了乐趣与活力。她每天与 81 岁的丈夫一起打乒乓球，还经常游泳、跳舞、弹钢琴，享受着二人世界的甜蜜与温馨。她不再为一日三餐而操心，这里的餐饮服务既健康又美味，满足了她的口味需求。此外，她为了更好地照顾单身姐姐，让老姐姐也住进了泰康之家燕园，姐妹俩共同分享这份晚年生活的美好。

安享悠然暮年

　　在燕园，九旬以上的老革命处处可遇，殷兆明就是其中之一。他生于 1933 年，如今依然精神矍铄，风采不减当年。新中国成立前夕，年仅 16 岁他就毅然决然地加入了人民解放军的行列，用青春和热血为新中国成立贡献了自己的力量。抗美援朝期间，他又远赴朝鲜，参加了那场震撼世界的血与火的保家卫国战役。8 年的军旅生涯，不仅锤炼了他的意志，更让他学会了如何在逆境中坚持与成长。

　　退役后，殷兆明转身投入到了地方的建设中，成为了一名共青团和工会基层干部。在这个岗位上，他充分发挥了自己的组织才能，策划了一系列丰富多彩的活动，赢得了单位职工的广泛赞誉。同时，他还利用业余时间进修学习，掌握了歌唱、服装设计、裁剪制作等多项技能，成为了一个能歌善舞、手工技艺精湛的多面手。他的衣服几乎

殷兆明

都是自己设计制作的，每一件都蕴含着他对生活的热爱与
追求。

随着改革开放的春风拂遍大地，殷兆明敏锐地捕捉到
了时代的机遇。他选择了 50 岁离休，凭借自己的智慧和
勇气，创办了服装厂和美容店，不仅实现了个人价值的最
大化，也为社会的发展贡献了自己的力量。殷兆明一辈子

喜欢自由、随性，热爱一切美好的事物。他把自己的家收拾得井然有序，一尘不染。他还喜欢使用香水，通过这一细节来提升自己的整体形象。保持乐观向上的心态，每一天都过得充实而快乐。

老伴儿去世后，殷兆明为了不给儿女添麻烦，卖掉房产，进入一家养老院生活。后来他偶然参观了泰康之家燕园，被这里浓厚的文化氛围、高素质的居民群体以及优美的环境深深吸引，决定搬到这里居住。在这里，他找到了属于自己的快乐天地，吹拉弹唱，跳舞、摄影、参加各种文体活动，与朋友们共享晚年时光。他说："燕园真是太好了！这里的一切都让我感到非常满足和幸福。"如今的殷兆明老人，依然不失生命的活力，他的人生浸润在岁月的甜美之中，感受着幸福的时光。

生命之花再绽放

在岁月的长河中，有些人的名字如同夜空的星辰，即便时光流转，依旧闪耀着不灭的光芒。尹力，这位曾在央视《夕阳红》栏目里照亮无数老年人心田的创意人，如今在泰康之家燕园，正以另一种姿态，续写着自己人生的新篇章。

2024 年 10 月 10 日，燕园的人文大讲堂上，尹力以一种平和而深邃的目光，向在场的每一位听众缓缓铺开了一幅关于《夕阳红》的记忆画卷。那是一个充满温情与希望的节目，它不仅记录了老年人的生活点滴，更传递了积极向上、老有所乐的生活态度。然而，当别人试图将这份辉煌与他的贡献联系在一起时，尹力却淡然一笑，轻轻地说："那都是过去，如今已经翻篇儿了。"对以往荣耀的这份豁达与超然，让人不禁对这位七旬老人肃然起敬。

岁月不居，时光荏苒。倏忽间，尹力已步入古稀之

尹力

年，且身体抱恙，身患多种疾病。然而，在他看来，这些
外在的困境并不能阻挡住生活的脚步。相反，他以一种近
乎顽强的乐观态度，重新定义了自己的晚年生活。他没有
将自己视为迟暮之年的老者，更未将自己局限于病人的角
色。在他的世界里，每一天都充满了新的可能与希望。尹
力的日常生活，是那样地充实而有序。他有时沉醉于书法

世界，一笔一画间，不仅磨炼了心性，更让心灵得到了前
所未有的宁静与平和。有时他又在电吹管的悠扬旋律中，
享受悦耳音乐的慰藉。尹力对艺术的热爱与追求，让他的
生活充满了色彩与活力。于是，凭借着原先音乐天赋和不
懈地学习努力，尹力的电吹管技艺日益精进，甚至能够登
台演奏，赢得阵阵掌声与赞誉。而泡"温泉"，则是他养
生之道的又一秘诀。在燕园游泳馆温热的池水中，他仿佛
感受到脉搏的律动和血液的流转，感受到细胞的活跃与生
命的勃勃生机。

　　在泰康之家燕园这个充满温情的社区里，尹力以他独
特的方式，书写着属于自己的夕阳红。

敢于尝试创造美好

1941 年，在革命圣地延安出生的曾延丽，自小便与红色血脉紧密相连。她的父母作为老革命，用他们的行动和信仰为她铺设了一条坚韧而平坦的道路。这份深厚的红色基因，不仅铸就了曾延丽不屈不挠的性格，更让她在人生的旅途中，始终怀揣着对国家和人民的深情厚谊。

大学毕业后，曾延丽凭借出色的语言能力和坚定的政治立场，顺利进入国家外贸单位，从事德语翻译工作。这一岗位，她坚守了数十年，无数次站在外贸谈判的舞台上，用精准的语言和独到的见解，为国家的经济利益保驾护航。她的专业、敬业和才华，赢得了国内外合作伙伴的高度赞誉，也让她在职业生涯中留下了浓墨重彩的一笔。

然而，人生的旅途总是在不断前行。当曾延丽在 55 岁那年光荣退休后，她以一种开放和好奇的心态，去探寻新的生活方式和养老模式。2015 年，当泰康之家燕园这

曾延丽

一全新的养老社区出现在她的视野时，她抱着对新理念的好奇，戴着安全帽在还没有完工的工地为自己挑选房间，毅然决定以第一批居民身份入住燕园。

这一决定，不仅是她对个人晚年生活的重新规划，更是对泰康养老新模式的一次勇敢尝试。燕园优美的环境、完善的运动设施、贴心的温馨服务以及浓厚的文化氛围，让曾延丽在这里找到了家的感觉。她曾感叹："燕园比美国的养老环境还好！"这不仅是对燕园硬件设施的肯定，更是对这里人文关怀和养老理念的赞美。

入住燕园 9 年来，曾延丽的生活变得更丰富多彩。她积极参与各种文体活动，朗诵、唱歌、指挥、跳舞，样样拿手。从一个只知道埋头工作的职业女性，变成了一个浑身充满活力和艺术气息的社区活跃分子。不仅如此，她还在一百多场次分享活动中，分享了自己入住泰康燕园的切身感受，向更多的人传播了养老新理念。她用自己的行动证明，即使在晚年，也能拥有属于自己的舞台和光影。

曾延丽是一位具有前瞻性眼光和养老新理念的实践者，她亲眼所见泰康燕园由初期的一两百位居民，发展到如今三千多位居民。她期盼更多的新居民到来，使燕园老年生活更繁花似锦。

一个孤儿的靓丽人生

在燕园，有一位老人的名字与贵州省桐梓县的秋日紧密相连在一起，她就是曾梓秋女士。曾梓秋，这是她给自己起的名字，此名如同她的人生，蕴含着深厚的情感，彰显了她对这片土地的热爱。可以说，曾梓秋的人生，充满了坎坷与挑战。

14 岁前她痛失父母，成了孤儿，自幼便尝尽了人间的悲苦艰难。然而，正是那些苦难，铸就了她顽强不屈的性格。19 岁，她从卫校直接参加了解放军，从此改变了她的命运。在驻军医院里她是一名优秀的护士，在援越抗美的战场上，她是一名勇敢的战士，曾经冒着飞机轰炸，在战场上抢救伤员，与战友们一起荣立三等功。在战争间隙她还参加了文艺宣传队，到部队慰问战友，鼓舞士气，她的歌唱天赋在部队里得到了充分发挥。她自幼钟爱京剧，在部队文艺宣传队里多次演唱《红灯记》《沙家浜》

曾梓秋

等现代京剧。退休后，组织后勤学院京剧戏迷社与退休干部一起学习京剧，多次参加全国全军文艺调演，并荣获全军第四届"战士文艺奖"优秀演员奖。她学习京剧名家张派20多年，演唱字正腔圆，扮相雍容华贵，在京城票友圈里很有人缘。

在部队，她遇到了命中注定的伴侣张兆群，58年来，二人互敬互爱，相濡以沫。张兆群从军几十年，一直忙于工作，退休后主动承担起全部家务，采购做饭长达 20 年，用实际行动诠释了什么是真正的爱情和丈夫责任。退休后的曾梓秋，依然活跃在部队的宣传演出现场，用京剧为军人们带去享受和快乐。她的歌声和表演，成为了部队里一道独特的风景线。而张兆群始终陪伴在她的身边。随着年龄的增长，曾梓秋不慎摔伤了腰腿，行动不便。为了不给女儿添麻烦，老两口选择了入住泰康之家燕园。在这个美如桃花源般的长寿社区，他们过着相互搀扶、恩爱如初的生活。张兆群专长楷书书法，对古诗词也颇有研究，他与妻子经常切磋京剧的艺术表现形式。每天他推着妻子在园区漫步，妻子在轮椅上不停地哼着京剧曲调，享受着那份属于他们的幸福与温馨。再过两年，这对"80"后贤伉俪将迎来钻石婚纪念，当年的孤儿早已不再孤独。

用抚慰帮助治愈

今年 34 岁的张建美，康复治疗学专业本科毕业，2018 年来到泰康之家燕园康复医院，担任主管治疗师，至今已经 6 年了。2000 多天，她每天都要以笑脸面对每一位前来理疗的患者。

"阿姨，早上好！""叔叔您来啦！"，她的每一声问候，都让前来理疗的长者心中洋溢着春风阳光。她快速为每位患者安排床位，指导其他理疗师使用机器设备，认真检查每一道程序。那份热情时常温暖着长者们的心，有的长者不好意思，说："太麻烦你了，我不用再理疗了。"张建美总是开玩笑道："既然在泰康燕园有这么好的医疗条件，您老还是要充分利用呀，不然，我们也就失业了。"说得长者呵呵笑起来了。

张建美说，在泰康燕园康复医院，我们面对前来理疗的患者，是一群非常特殊的人，他们年事已高，带病生

张建美

存，特别是腰腿疼非常普遍。我们这里有经颅磁、激光磁、蜡敷、干扰电、超声波、短波、微电脑疼痛治疗仪等设备，对老年患者减轻疼痛，缓解症状非常有效。但是，张建美认为，不少患者其实更需要的不是那些仪器设备，他们更多需要的是帮助与安慰，提振他们的精神，抚慰他们孤独的心。作为理疗师，张建美每天重复的工作都是走到每一位患者床前，轻轻地问：阿姨，您感觉怎么样？叔叔，您哪里不舒服就告诉我啊！理疗结束后，张建美都不忘上前跟叔叔阿姨打个招呼"再见！您明天一定来啊！"

　　作者问张建美："你觉得每天的工作乏味吗？"她笑着说："不乏味，我喜欢理疗师的工作，当我看到那些长者减轻了病痛，治愈了伤痛，我特别开心！"

医患矛盾有解药

在泰康燕园康复医院，有一位 38 岁的康复科主治医生，他的名字叫张森。至今在这里工作近 4 年时间，他接诊了 7200 多人次的患者，却从未与任何一位患者发生过矛盾，反而与不少患者结下了深厚的友谊，成了忘年交。

张森医生对待每一位患者都极为认真。他接诊后，总是先仔细为病人进行查体，尽量减少患者不必要的器械检查，以减轻他们的费用负担，同时也为国家减负。他从不急于为患者开处方，而是耐心地聆听患者的诉说，了解他们的病情和需求。每接诊一位患者，他都会花费平均 15～18 分钟的时间，确保自己能够全面了解患者的病情，并给予他们最恰当的治疗建议。

张森医生深知，康复医生的工作并不仅仅是治疗身体上的疾病，很多时候还需要给予病人一种心理疏导。特别是对于那些年长的患者，他更是显示出了极大的耐心、细

张森

心和热心。作为医生，他希望能帮助长者们与老年慢性病和睦相处，带病延年益寿，提高生活质量，享受最美夕阳时光。

　　泰康燕园康复医院对医护人员的要求非常严格，始终把为患者服务、排解痛苦放在第一位。张森医生正是遵循了这一服务原则，用自己的实际行动诠释了什么是真正的医者仁心。

　　由于张森医生处处为病人着想，他付出的努力得到了患者们的广泛称赞。不少患者亲自送来表扬信和锦旗，表达对张森医生的感激之情。这些表彰不仅是对张森医生个人工作的肯定，更是对泰康燕园康复医院优质服务的认可。

巾帼老兵战球场

在人生的悠长之旅中，有这样一位老人，她以不屈不挠的精神和乐观豁达的人生态度，走出了一条绚烂多姿的晚年生活道路。张雪梅，一位 95 岁高龄的离休老人，用她的故事，向我们展示了何为"活到老，学到老，乐到老"的真谛。

她 18 岁参军入伍，以后进入西南军医大学，毕业后留校工作，后又调到部队医院从事临床工作，直到从部队离休。自幼年起，张雪梅便展现出与众不同的活力与勇气。篮球、排球、乒乓球……各类球类训练都成了她童年时代最美好活跃的部分，这些活动不仅锻炼了她的体魄，更磨砺了她坚韧不拔的意志。以后体育运动，成为了张雪梅一生的伴侣，伴随她走过风雨兼程的岁月。

时光转眼间，张雪梅已步入离休生活。2017 年，她选择入住泰康燕园这个充满活力与温馨的养老社区。在这

张雪梅

里，张雪梅仿佛找到了人生的第二春。唱歌、跳舞、手工制作……这些丰富多彩的活动让她焕发了新的生机。但最让她乐此不疲的，还是门球、台球以及瑜伽这些既考验技巧又修身养性的运动。对于张雪梅而言，年龄不过是个数字，她忘记了自己已经高龄，全身心地投入到每一项活动中，享受着每一次挥杆、每一次击球的快感。

在台球室里，张雪梅的身影尤为引人注目。她与比自己年轻的男士们同台竞技，一站就是两个小时，双腿却丝毫不见疲惫。她的球技精湛，每一次出杆都显得那么从容不迫。更令人钦佩的是，张雪梅还担任起了台球比赛的裁判工作，她以公平、公正的态度赢得了所有人的尊重。在她的身上，人们看到了运动不仅有利于健康，更是那份对生活的热爱与执着。

每天至少三个小时的打台球时间，这对于许多人来说或许是一种负担，但对于张雪梅却是一种享受。她精神矍铄，谈笑风生，仿佛岁月从未在她身上留下痕迹。她的耳朵依然灵敏，眼睛依然明亮，口齿清晰，思维敏捷，这一切都让人难以相信她已经是一位 95 岁的老人。

张雪梅的乐观与和蔼，让她在社区里赢得了极高的声望。与她相处的人们都亲切地称呼她为"大姐"，并以她为榜样，学习她那种积极向上、永不言败的生活态度。在她的影响下，越来越多的人开始积极参与各种运动，享受着运动带来的快乐与满足。

在张雪梅身上，大家看到了生命的不朽与光辉，感受到了那份超越年龄的活力与激情。张雪梅以她的坚韧、乐观和热爱生活的态度，为老年朋友树立了一个活生生的榜样。

军旅书法艺术家

张兆群，这位已逾八旬的军旅书法家，以其坚韧不拔的精神和书法技艺，在人生的画卷上留下了浓墨重彩的一笔。自幼年起，他便对书法怀有浓厚的兴趣，这份热爱如同种子般在他心中生根发芽，伴随了他一生。

张兆群1961年应征入伍，1998年退出现役。38年的军旅生涯为他的人生增添了色彩，锤炼了他的意志，尤其是先后4次在军队院校学习深造，为他以后的书法追求，奠定了深厚的文化底蕴。他把对书法的追求和热爱视为精神寄托和力量源泉。他师从当代著名书法家吴未淳先生，专攻魏碑唐楷，日复一日、年复一年地潜心钻研，艺术水平逐渐提高。

退休后，张兆群继续以书法为伴，用笔墨书写人生、抒发情感。他耗时3年，倾心创作了一幅60米的楷书长卷——《毛泽东诗词》，这不仅表达了他对伟人的敬仰和

张兆群

怀念，也体现了他对中华优秀传统文化的执着追求和深情致敬。2007 年 4 月，这幅珍贵的作品被毛主席纪念堂管理局收藏。与此同时，他还把楷书长卷印成《毛泽东诗词六十七首》，赠送给当年健在的两千多名红军前辈。这成为他书法艺术生涯中的一大亮点。

2021 年，张兆群和老伴儿一起入住泰康之家燕园，这里成为了他晚年生活的舞台，也是最后一个家。在这里，他继续挥毫泼墨、作品丰硕，并与志同道合的友人共赏书法之美，享受着宁静而充实的晚年时光。

2024 年，燕园社区专门为张兆群举办个人书法展，他的楷书既有明丽天然之姿，又有钢筋铁骨之坚，内涵深厚，令人神往。他精心挑选了 48 幅得意之作，无偿捐赠给泰康之家燕园社区，这一举动不仅是对自己艺术生涯的一次深情回顾和总结，更是对社区文化建设的有力支持和积极贡献。他的书法作品为社区的文化空间增添了色彩，为居民们文化生活带来了美的享受和心灵的滋养。

张兆群感慨地说，在人生的道路上，只要努力坚持，终会收获成果。就像耕耘不辍的农夫，等待金秋丰收；就像孜孜不倦的学子，期盼金榜题名。努力是通往成功的阶梯，坚持则是实现梦想的桥梁。当我们持之以恒地向前迈进时，那些曾经付出的汗水与泪水，终将化作璀璨的硕果，照亮我们前行的道路。

智慧之光永不熄灭

　　张宗润，一位 1943 年出生的女科学工作者，用她的一生诠释了什么是真正的科研精神和人生毅力。1965 年大学毕业后，她便在科研道路上不懈探索，为中国地震科学研究作出了重要贡献。

　　张宗润的职业生涯始于北京首钢，1970 年她调入中国地震局地壳应力研究所，此后 40 余年，她面对的是充满挑战和未知的科研领域，但她始终保持积极进取的态度，不断探索和尝试。她思维敏捷，作风严谨细致，文笔堪称一流，每一次科研实验都力求精益求精。

　　张宗润还乐于吃苦，不怕受累，这种精神在她的科研生涯中得到了充分展现。无论是面对复杂的实验数据，还是处理紧急的科研任务，她都能从容应对，表现出强大的指挥能力和坚韧的品格。她的性格直爽，与同事和合作伙伴相处融洽，赢得了广泛的尊重和赞誉。

张宗润

　　退休后的张宗润并没有停下脚步，她依然心系科研事业。在退休后的 15 年内，她积极参与了国家"三峡库区地质灾害监测预警"项目，以及科技部"地壳变形深井宽频带综合观测系统"项目。这些项目不仅在国内产生了重要影响，还在国际位居领先地位，为张宗润的科研生涯增添了浓墨重彩的一笔。

　　然而，命运似乎并不总是眷顾这位坚强的女性。2018年，张宗润突发血管瘤胸腹主动脉夹层破裂，病情危急。面对生死考验，她展现出了惊人的坚强和果断。在医生的精心治疗下，她先后经历了两次大手术，最终成功战胜了病魔，与死亡擦肩而过，令医生对她刮目相看。

　　在经历了生死劫难后，张宗润更加珍惜生命，也更加明白生活的真谛。在相濡以沫的老伴儿去世后，她果断地卖掉了自己的房产，选择入住泰康之家燕园。她认为这里知识分子居多，正能量聚集，邻里关系和谐，是一个理想的居住环境。虽然她感叹自己来得晚了些，但相信在泰康燕园的生活会让她更加安心和幸福。

　　张宗润用笑容温暖岁月，用热情点燃夕阳，她相信老年同样可以绚烂如火。如今，张宗润每天仍在笔耕不辍，追求卓越的火焰继续燃烧。她在回忆总结前人科研过程以及成果，期望给后人留下借鉴和参考。她说："科学没有国界，科学家应该把所有力量献给人类。"

以爱守护安心之池

在泰康之家燕园，赵昂宛如一位忠诚的泳池卫士，近6年来始终如一地守护着居民们的水上安全与欢乐。

每天清晨，当第一缕阳光还未完全洒下，赵昂便已提前一个半小时来到燕园活动部的泳池边。"每天早来，一方面是要仔仔细细检查泳池的安全状况，排查任何潜在的危险因素；另一方面，我得通过游泳锻炼自己，提升体能，精进救生技能。只有自己时刻保持最佳状态，才能给居民们最可靠的安全保障。"赵昂说道。他不仅持有国家中级救生员和中级教练员职业资格证书，每年还代表燕园参加北京市游泳救生员职业技能大赛，在不断磨砺中提升专业素养。

泳池的水质和水温，是赵昂极为关注的重点。按要求，每两小时要进行一次检测，水质的酸碱度、余氯含量，水温是否恰到好处，任何细微变化都不容忽视。一旦

赵昂

发现异常，必须迅速与工程师傅沟通，以最快的速度解决问题。每月，他还精心组织救生演练，以应对可能的突发事件。

在日常安全巡视过程中，赵昂对居民的关怀细致入微。看到年纪较大的居民过浸脚池，他总会快步上前，耐心提醒："叔叔阿姨，抓好扶手，脚下注意安全。"对于常来游泳的居民，他也不忘关切叮嘱："别太累着自己，适量运动。"这些看似平常的话语，饱含着他对居民如家人般的深厚情谊。

在燕园喜欢游泳的居民，年龄最大的 98 岁。谈及居民热衷于游泳的原因，赵昂介绍道："游泳对老年人的健康益处多多。在水中，身体的重量被浮力分担，大大减轻了关节的压力，对于关节相对脆弱的老年人来说，是一种极为友好的运动方式。而且，游泳能够促进全身血液循环，增强心肺功能，提高身体的耐力和柔韧性。坚持游泳，还能在一定程度上改善睡眠质量，让老年人白天更有精神，生活状态也更加积极。"

赵昂用日复一日的坚守与付出，在燕园泳池边筑起一道坚固的安全与温暖防线，让居民们在这片水域尽情享受游泳带来的健康与欢乐。

选择的重要性

在人生的最后阶段，每个人都在寻找属于自己的那片安宁的"桃花源"，一个可以享受晚年幸福生活的港湾。赵立权，这位 83 岁的老人，他的晚年生活轨迹，如同一部充满转折与温馨的连续剧，让人感受到生活的多样性和选择的重要性。

赵立权和夫人，在北京生活多年以后，决定追寻一个环境更加宁静、自然风光旖旎的养老之地。放眼全国，他们的视点首先停留在云南这个四季如春、风景如画的地方。在那里，他们期待着能够远离都市的喧嚣，享受大自然的馈赠，过上梦寐以求的悠闲生活。然而，生活总是充满了未知与变数。尽管云南的自然环境令人心旷神怡，但对于在北京生活了几十年的赵立权夫妇来说，气候、环境的差异还是给他们带来了不小的挑战。特别是赵立权的夫人，不适应云南的气候，不得不重新修改自己的养老

赵立权

计划。

　　这时，儿子的建议如同一束光，照亮了他们的晚年之路——入住泰康之家燕园。2022 年的冬天，一场大雪后，儿子将赵立权夫妇送进了这个他们未曾规划过的养老社区。燕园是一个集居住、医疗、娱乐、学习于一体的高端养老社区，在这里，不仅环境优美怡人，更使他们非常满意的是园区各个职能部门，用他们的温馨、专业与周到的服务，迅速温暖了夫妇俩的心。特别使赵立权感慨的是，夫人的哮喘病得到了有效控制，生活质量大大提高。赵立权本人，也在这里找到了新的乐趣和朋友，他参加了社区的各种兴趣小组，接触和了解到许多科技和人文知识，使他的晚年生活更丰富多彩。入住燕园后，他越来越感受到泰康燕园是适合老年人养老的家园，也是老人们生活的"桃花源"。

画好人生的延长线

赵俊琴，生于 1945 年，她以自己的人生实践诠释了"活到老，学到老"这句话的深刻内涵。她的职业生涯与教育紧密相连，晚年生活则因艺术而绽放异彩。

自武汉大学法语专业毕业以后，赵俊琴便将自己的青春与热血奉献给了中学外语教育事业。从 1970 年开始担任教师，她一干就是 30 年。在法语教学中，她不仅传授法语语言知识，更用她的热情和耐心激发了学生们对外语学习的兴趣和热爱。她的课堂总是充满活力，学生们在她的引导下，逐渐领略到了法语的魅力。

然而，赵俊琴的教师生涯并未止步于此。因工作需要，她又参加了英语学习，功夫不负有心人，她凭借扎实的外国语言基础和丰富的教学经验，成功地将自己的教学领域拓展到了英语教育。这一干，又是 20 余年，直到 2000 年她光荣退休。

赵俊琴

　　数十年里，赵俊琴培养了无数外语人才。他们有的成为了外交官，在国际舞台上为国争光；有的成为了翻译家，为中外文化交流搭建了桥梁；还有的成为了教育工作者，继续传承着赵俊琴的教育精神。这些都成为了赵俊琴人生最值得自豪的业绩。

　　赵俊琴还曾随外交官丈夫驻法国、塞内加尔、科特迪瓦等国。这些经历不仅让她领略了不同国家的风土人情，更丰富了她的人生阅历和视野。

赵俊琴的晚年生活也同样精彩纷呈。退休后，她进入了老年大学，从零开始学习工笔和山水画。虽然起步较晚，但她的绘画水平却突飞猛进。她用心去感受每一笔每一画，将自己的情感融入画中，使作品充满了生命力和艺术感染力。她画的山山水水像是仙境一样富有魅力。她的工笔画更是展现出一种超凡脱俗的美感。

然而，2013 年赵俊琴的丈夫因病去世，给她带来了巨大的打击。但坚强的她并没有因此沉沦，而是选择了积极面对未来的生活。在儿子的支持下，她卖掉住房，入住了泰康燕园。这个新环境让她感受到了家的温暖和关怀，也让她重新找到了生活的方向和目标。

在燕园社区，她积极参与各种活动，与邻居们建立了深厚的友谊。她有了足够的时间继续学习绘画、书法和钢琴等课程。这些学习不仅让她的晚年生活更加充实和多彩，更让她在精神上得到了极大的满足和愉悦。

郑导又开讲了

　　在泰康之家燕园，有一位大家都熟悉的电影导演——郑洞天。今天，作者有幸在燕园的时光剧场观看了经典电影《后窗》，这部电影是由美国著名导演阿尔弗雷德·希区柯克于 1954 年拍摄的，被无数影迷奉为经典之作。电影结束后，郑洞天一如既往地主持了电影沙龙研讨活动。他不仅是一位资深的电影导演，更是一位热情洋溢的电影文化传播者。郑洞天对电影的执着和热爱不仅体现在他的创作生涯中，还体现在他对电影教育的贡献上。他以培养新一代年轻导演为己任，为电影教育呕心沥血几十年。他的作品和贡献使他成为德高望重的电影人，他的执着和热爱也深深影响了许多后来的电影人。

　　在研讨活动中，郑导首先邀请在场的观众分享自己的观影感受。大家纷纷发言，从电影的剧情、拍摄手法到其中蕴含的深刻主题，每个人都有自己的见解和感悟。郑导

郑洞天

认真地倾听每一个人的发言，不时点头表示赞同，他的眼
神中透露出对电影艺术的热爱和对观众热情的赞赏。

　　随后，郑导开始了他的精彩分享。他详细介绍了希区
柯克导演一生拍摄的 53 部经典作品，《后窗》只是其中的
佼佼者。郑导不愧是老一辈电影制作人，他不仅对希区柯
克的作品如数家珍，更对电影艺术的诞生和发展有着深刻

的理解。他从电影与空间的关系讲起，深入浅出地介绍了电影的景别、视角等专业知识。他的讲解生动有趣，让在场的每一位观众都听得津津有味。

讲到开心处，郑导掩饰不住内心的激奋，开怀大笑。看得出，他对自己钟爱的影片有着深厚的情感。郑洞天曾经对人说："没想到我来到燕园，竟然还能继续搞我的专业！"这句话道出了他对电影艺术的执着和热爱，也反映了燕园为他提供了一个继续发挥光和热的平台。

的确，泰康燕园是一个人才济济的地方，这里藏龙卧虎，犹如八仙过海，各显神通。每个人都能在这里找到符合自己兴趣的活动，有专长的人都能像郑导这样继续发挥着光和热。

独特动物进燕园

在泰康之家燕园里，住着一位 94 岁的老先生，他的名字叫郑锦璋。岁月在他的脸上刻下了深深的皱纹，但他的眼神依然明亮而充满热情，尤其是当他谈论起那些曾经与他朝夕相处的动物时，那份热爱与怀念之情溢于言表。

1953 年，郑锦璋从北京农业大学兽医系毕业，怀揣着对动物的热爱和对兽医事业的憧憬，他被分配到了北京动物园。从此，他的人生便与这片充满生机与欢笑的园区紧密相连。后来他担任了北京动物园兽医院院长一职，最后从北京动物园园长岗位离休。

长久以来，北京动物园不仅是市民们休闲娱乐的好去处，更是国家保护和研究珍稀野生动物的重要基地。郑锦璋在这里见证了无数生命的诞生与成长，也亲手挽救了许多濒危物种。他最为人称道的成就之一，便是参与了人工繁殖大熊猫的工作，因此获得国家科学技术进步奖三等

郑锦璋

　　奖。这一壮举不仅为我国的生物多样性保护作出了巨大贡献，也让世界看到了中国在野生动物保护方面的努力与成就。

　　除了大熊猫，郑锦璋与他夫人甘声芸女士共同在黑颈鹤饲养条件下繁殖技术研究方面取得了很大突破，获得国家科学技术进步奖。黑颈鹤是我国特有的珍稀鸟类，一度面临着灭绝的威胁。在郑老的精心照料和研究下，黑颈鹤的繁殖率得到了显著提高，这一成果不仅挽救了这一濒危物种，也受到了国际学术界的广泛关注与赞誉。

每当提起这些往事，郑老的眼中总是闪烁着光彩。他如数家珍地讲述着与动物们的点点滴滴，尤其是老虎、长颈鹿等大型动物更是他的心中所爱。在他的眼中，这些动物不仅仅是研究对象，更是他的朋友和家庭成员。而他，也是动物园里一位受动物们喜爱的独特朋友。

离休后，郑锦璋依依不舍地告别了北京动物园，踏进了燕园，开始了他的晚年生活。虽然离开了那些熟悉的动物朋友们，但郑老的生活依然丰富多彩。他喜欢打麻将、下棋、跳舞，但最喜欢的还是与人们聊动物。那份对动物的热爱和对生命的敬畏尽在分享之中。

郑锦璋常说："燕园很好，我生活很幸福，护工照顾我也好，就是这里看不见我的动物们。"这句话里既有对现有生活的满足与感激，也有对过去那段与动物们相伴时光的深深怀念。在他看来，敬畏生命，就是尊重每一个生命的存在，无论是人还是动物。动物与人类共享着这个星球，它们有着自己的生存方式和情感世界。每一种动物都展现着生命的多样性和奇妙功能。

残疾姑娘奉献爱

　　在泰康之家燕园 9 周年庆典的那一天，作者有幸目睹了一场特别的演出。舞台上，坐在轮椅上的周美娇正指挥着一群失能长者组成的"小红花合唱团"放声歌唱。她的笑容如同春日的暖阳，温暖而灿烂，深深地印在了作者的脑海里。2024 年 7 月 3 日上午，作者怀着期待的心情再次走进泰康之家燕园护理区，终于又见到了美娇。她坐着轮椅从电梯间出来，那熟悉的笑容依旧，仿佛是她独有的标志，瞬间驱散了护理区里可能存在的沉闷氛围。她热情地招呼着前来唱歌的叔叔阿姨们，每一个动作、每一句话都充满了温暖和关怀。

　　美娇双手舞动，指挥着长者们唱起了《草原上升起不落的太阳》《唱支山歌给党听》等经典老歌。她的歌声嘹亮而富有感染力，仿佛有一种魔力，让在场的每一位长者都被深深吸引。这些长者大多是患有认知障碍或者因身体

周美娇

失能需要护理的人，他们中的许多人已经很久没有如此开心地表达自己了。然而在美娇的带领下，他们仿佛重新找到了生活的乐趣和自我价值。

美娇今年 33 岁，是泰康之家燕园护理区的一名文娱师。她的职责是组织这些长者们唱歌，让他们有参与感，愉悦他们的心灵，提高他们对美好生活的认知。这份工作看似简单，却需要极大的耐心、爱心和专业能力。美娇自己也是一位残疾人，6 岁时的一场车祸导致她腰脊椎神经受损，下半身瘫痪，只能坐在轮椅上度过一生。然而，命运的打击并没有击垮她。她凭借着顽强的毅力和对音乐的热爱，从中国音乐学院本科毕业，并获得了泰康之家燕园文娱师的资格。这一干就是 7 年！

美娇热爱她的工作，更爱那些长者们。在她的努力下，泰康之家燕园护理区的长者们生活得丰富多彩，他们的心情同样愉快，他们也同样感受到了幸福。美娇用自己的行动诠释了什么是爱与奉献，她不仅奉献了自己的爱，也收获了长者们对她的爱。

在与美娇的交谈中，作者了解到，她每天都会精心准备各种活动，从歌曲的选择到演唱的形式，她都考虑得非常周到。她会根据长者们的兴趣和身体状况，调整活动内容，确保每个人都能参与其中。她还经常与长者们的家属沟通，了解他们的需求和期望，努力让每一位长者都能在这里感受到家的温暖。

美娇通过努力和爱心去照亮他人的人生。她的笑容、她的歌声、她的坚持，都成为了泰康之家燕园护理区最温暖的风景。

燕园有只"意见猫"

在泰康之家燕园，周启瑜这个名字或许并不为所有人熟知，她的网名"猫太"、绰号"意见猫"却被不少居民称颂。这个昵称背后，是她对养老生活的深刻洞察与不懈追求，更是褒奖她对燕园社区不断完善与进步的积极贡献。

周启瑜，1951 年出生于一个知识分子家庭，她的人生轨迹与同时代人相似，经历了上山下乡的艰苦岁月，回城后的求学与奋斗，以及结婚生子的平凡生活。这些经历让她尝尽了人生的酸甜苦辣，也铸就了她坚韧不拔的性格和超前的认知能力。

在大多数人还未曾涉足养老话题时，周启瑜已经敏锐地意识到，随着年龄的增长，养老问题迟早会成为自己这一代人必须面对的现实。当她即将退休并目睹父母因衰老而需要照顾的艰难处境时，这种意识变得更加迫切。特别

周启瑜

是当她看到父亲躺在床上，那是渴望与老友交流，是渴望
翻阅旧作，是用渴望的眼神注视着自己，渴望文化的滋
养，她深感作为女儿的无力与无奈。那一刻，她开始认真
思考自己的养老生活将如何度过。

　　周启瑜不断问自己"我到底需要什么样的养老模
式？"退休后她亲身经历了养老服务工作，这段工作经历

使她深知养老不仅仅是物质上的满足，更是精神上的慰藉
与文化的滋养。于是，她开始四处考察，她体会到泰康之
家燕园不仅提供了优质的居住环境和服务，更重要的是，
它体现了对老年人的深切人文关怀，满足了周启瑜对文化
养老的追求。

2017年，年仅66岁的周启瑜坚定地选择了入住燕园。
她在这里如鱼得水，不仅喜欢这里的环境和服务，更喜欢
这里的文化氛围。这里聚集着一大批各个学科的高级知识
分子，他们不断把自己所掌握的知识传播给居民们，周启
瑜像一块海绵，拼命吸收着。同时，她更希望燕园能够百
尺竿头更进一步。因此，她总是以敏锐的观察力和独到的
见解，勇于指出燕园的不足并提出改进建议，充分体现了
她的责任感和使命感。她说："我爱燕园，所以我更希望
她完美。"

正是因为有了像周启瑜这样的"意见猫"，泰康之家
燕园才能够不断完善，不断前行，成为越来越多老年人心
中的理想养老之地。

权衡与选择

　　她的人生每个阶段都伴随着不同的挑战与抉择，而晚年生活，实则蕴含着更复杂的权衡与选择的艺术。2024 年8 月 9 日，泰康之家燕园的人文大讲堂上，朱玲以其深厚的经济学底蕴、细腻的女性视角和丰富的个人经历，为我们展开了"颐享人生的权衡与选择"这一沉重而又不失温馨的话题。

　　朱玲，中国社会科学院学部委员。她的讲座，首先引领人们进入了一个关于"选择"的理性思考空间。她提出，面对晚年生活，我们不仅要关注如何过得积极、健康，更要思考如何以一种理智且富有前瞻性的态度，对生命终结及后事做出合理安排。这种安排，不仅仅是物质层面的，更是精神层面与情感层面的深思熟虑。它要求我们在享受生命的同时，也要勇于面对生命的终结，通过预先的规划和准备，确保在生命的最后阶段依然能够保持尊严

朱玲

与安宁。通过朱玲的讲述，人们看到了自由与责任在晚年生活中的和谐共生。她强调，珍视死亡选择的自由，是尊重生命、尊重自我的重要体现。而这种自由，并非随心所欲，而是建立在深思熟虑、充分准备的基础之上。无论是从世界卫生组织的理念出发，还是基于个人健康老去的实际需要，制订晚年生命和理财规划，都是对自己、对家庭负责的表现。同时，她也鼓励人们，在做出这些选择时，要勇于倾听内心的声音，找到最适合自己的道路。

朱玲不仅是一位理论的阐述者，更是一位实践的先行者。她选择泰康之家燕园作为自己的晚年居所，正是基于对这一理念的高度认知和亲身实践。她通过理性的权衡和明智的选择，实现了个人幸福与家庭和谐的双重目标。

讲座结束后，朱玲与居民的互动交流，更是将这场关于权衡与选择的讨论推向了高潮。她的话语中充满了对生命的热爱和对未来的期许，激励着每一位在场的听众。不少居民纷纷表示，无论年龄多大，都要勇敢面对生活，珍惜当下，保持愉快的心情，助人助己，继续实现自身价值。这样的生活态度，无疑是对"颐享人生"最完美的诠释。一些居民认为，朱玲的讲座，更像是一次心灵的洗礼和精神的鼓舞。我们应该在人生的每一个阶段，都需要用心去权衡、去选择、去实践。只有这样，我们才能在岁月的旅途中，留下属于自己的精彩篇章。

爷爷求您了，起来走走吧

在泰康之家燕园，有一个场景深深触动了作者的心。那是一个充满耐心与爱的画面，让每一个看到的人都不禁停下脚步，为之动容。

"爷爷，我的好爷爷，求您起来走走吧！"一个稚嫩的女孩儿声音，温柔而坚定，让作者停下了脚步。谁家的孙女如此孝顺，又如此耐心？然而，当作者走近一看，才发现这并不是普通的家庭场景，而是几个年轻的男女社工正在帮助一位失能的长者恢复体能。

那位长者坐在轮椅上，神情有些木然，似乎对周围的一切都提不起兴趣。小姑娘站在他面前，眼神中满是关切和鼓励。她轻声细语地说："爷爷，您只有多活动，才能站起来走路啊！"她的声音里充满了温柔和耐心，仿佛在安抚一个受惊的孩子。

"不怕，我们扶着您，咱们慢慢走啊！"小姑娘一边

燕园护工

说，一边小心翼翼地扶着长者的胳膊，试图帮助他站起来。另一位年轻的男社工也在一旁帮忙，他们的动作轻柔而谨慎，生怕给长者带来任何不适。

长者望着孩子们真诚并充满爱意的面孔，眼神中闪过一丝感动。终于，在孩子们的鼓励下，他颤巍巍地站了起来。一男一女两位社工急忙将长者的胳膊架起来，小心翼翼地搀扶着他，慢慢地挪动着脚步。他们的嘴里还不停地数着："一、二、三……"每一步都显得那么艰难，但每一个动作都充满了关爱。

"爷爷您真棒！"小姑娘在旁边不停地鼓励着，她的声音里充满了喜悦和骄傲。长者的脸上也露出了一丝微笑，虽然微弱，但却充满了温暖。

看到这一幕，作者的心被融化了。这些年轻的社工们，他们并非长者的亲人，却胜似亲人。他们的耐心、他们的关爱，让作者不禁扪心自问：我们这些为人子女的人，是否也曾如此对待过自己的父母和爷爷奶奶？我们在长辈面前，是否能有如此的耐心和爱心？

说实话，很多时候，我们对待自己的亲人，也许并没有他们做得好。我们忙碌于自己的生活，有时会忽略长辈的感受，甚至在面对他们的需要时，会显得有些不耐烦。而这些年轻的社工们，他们用自己的行动诠释了什么是真正的关爱，什么是真正的耐心。

在泰康之家燕园，作者目睹了这一感人的情景，仿佛上了一堂生动的敬老课。这些年轻的社工们，用自己的行

动告诉我们，关爱长辈不仅仅是亲人的责任，更是每一个
社会成员的责任。他们的行为，让我们看到了人性中最
美好的一面，也让我们反思自己在日常生活中对待长辈的
态度。

最可爱的人

在泰康之家燕园，有这样一群人，他们不仅是居民日常生活的贴心助手，更是居民情感的寄托与依靠。他们，就是燕园的管家团队。他们用自己的实际行动，践行着"我们就是长辈声音代言人，高效服务协调者，活力生活引导者，贴心服务守护者以及服务风险预警者"的誓言，为燕园的居民们打造了一个温馨、和谐、安心的生活环境。

从事管家工作 5 年多，今年 28 岁的罗瑛，从大学毕业后，步入泰康之家燕园，面对的满眼都是爷爷奶奶，由开始的不习惯，到如今把工作当事业做，把"爷爷奶奶"当亲人待，奉献了青春，奉献了全部的爱。她的体会颇为深刻。请听她对管家工作的解读：作为居民在社区生活中的一站式助手，燕园的管家们始终围绕居民的全周期需求，通过 1+N 多部门协同机制，以居民为中心，快速响应

燕园管家

居民的各种需求。无论是前期的入住评估及入住流程，还是居住期间的候鸟居住、转换社区等全流程操作，管家们都能提供全方位、细致入微的服务。他们的专业与高效，让居民们在燕园的生活变得更加便捷与舒心。

对于孤寡居民，燕园的管家们更是给予了特别的关爱与关注。他们坚持每日寻访，确保居民的安全与健康，用实际行动为居民保驾护航。这种无微不至的关怀，让孤寡居民在燕园找到了家的温暖与依靠。

日常生活中，管家们更是居民的得力助手。他们掌握着居民的外出情况，及时处理日常报修问题，代办各项事务，代购各类物品，甚至陪同就诊、辅导手机和家电使用等。这些看似琐碎的小事，却是居民们生活中不可或缺的一部分。管家们的贴心服务，让居民们在燕园的生活变得更加轻松与惬意。

此外，燕园的管家们还非常注重居民的情感需求。他们会在居民生日、住院、突发重大事件等特殊时期，给予居民特殊的关怀与慰问。同时，他们还会与住户关系人就重要服务信息、协议执行情况进行常态化沟通，确保居民们的合法权益得到充分保障。

燕园的管家式服务，是一种全方位、多层次、个性化的服务模式。它不仅仅关注居民的物质需求，更关注居民的精神需求与情感寄托。在燕园，管家们就像是一根针，将多条服务线紧密地串联在一起，形成了独特的1+N管家式服务体系。这种服务模式不仅提高了服务效率与质量，更让居民们在燕园感受到了家的温暖与关怀。它让居民们在燕园的生活变得更加美好与幸福。

将爱洒满燕园

在泰康之家燕园社区，活跃着一群独特且意义非凡的人，他们如同春日暖阳，轻柔地温暖着每一位长者的心田。他们是活动部里的文娱活动师、运动指导师和泳池救生员。

这些人，平均年龄 29 岁，大学毕业，受过专业训练，对这份工作满怀热爱，对老年人更是充满爱心与耐心。

乍一看，文娱活动师每天好像只是陪着长辈们"玩和学"，诗词品鉴、数独益智游戏之类的活动多种多样。但实际上，这些看似轻松的活动背后，藏着对长辈们全面又贴心的关怀。他们从长辈们的身心健康考虑，精心规划活动方案，认真落实服务，准确评估活动效果，还不断改进。每个环节，都倾注着对长者们满满的爱意。

这些可爱的文娱活动师，就像社区里的魔法师，根据长者们的不同需求，打造出一个个精彩的平台。乐泰学院

燕园活动部

是知识的大仓库，为长者们打开求知的门，让他们去探索《量子力学》的神秘，感受《唐诗宋词的魅力》。文化沙龙是大家交流思想的好地方，艺术展览充满魅力，演出交流让生活有了美妙旋律，艺术鉴赏带大家走进高雅殿堂，外出活动则让长者们去拥抱热闹的世界，给他们的生活增添了色彩。

小型的定制疗愈活动，像春风轻轻吹过，慢慢滋润着长者们的内心，能让岁月的痕迹慢一些消退。乐泰俱乐部像一根看不见的线，把长者们连接在一起，让他们找到兴趣相投的朋友，不再孤单。文娱活动师们凭借专业与热忧，助力长者身心功能提升，让幸福感绽放，增强归属感，帮助他们实现价值再创造。

与此同时，前沿科学知识也走进了燕园。像"人造太阳""量子科学"这些以前觉得离得很远的知识，在燕园科技讲堂上，长者们都能接触到。长者们靠着不断学习新知识，自信地迈向百岁人生。燕园人文讲堂提升了社区的文化生活，满足了长者们对高品质精神文化的需求。

每月一次的集体生日会，充满家的温暖。好多长者都说，来燕园后，生日才有了仪式感。温馨的场景像一束光照进长者心里，让他们对亲情关怀的渴望得到了满足。老人们不禁夸赞："这些孩子真的比自家儿孙们还好！"

在燕园，活动部里不仅文娱活动师们，那些运动指导师和泳池救生员同样用温暖和真诚，爱和关怀着每一位长者，让他们的晚年过得特别精彩，感受着人生的意义。